実話蒐録集
暗黒怪談

黒 史郎 著

竹書房文庫

目次

コート

刺すように冷たい風の吹く、秋ごろのことである。

よく利用する中古レコード店で、小野寺さんは不吉なものを見つけた。

首吊り死体の写真である。

箱詰めされた中古レコードの中から掘り出し物を探していると、引き抜いたレコードとともに出てきたのである。

静電気だろう。レコードジャケットにぺったりと貼りついた状態で出てきたので、最初はそういうジャケットなのかとおもったそうだ。

写真の感じから、おそらく昭和か平成初期に撮影されたもので、森らしき濃い緑の繁みを背に、太い枝から細引き一本で項垂《うなだ》れる中年男性がぶら下がっている。

オーソドックスな首吊り死体である。

死後数日は経過しているようで、画像が荒いためにわかりづらいが、皮膚が剥《は》がれかけているのか、虫が潜り込んでいるのか、黄土色《おうどいろ》の顔や腕には細かいぶつぶつとしたものがある。

きゅっと縄に絞られ、首がヘアピンのように極端に内側へと曲がってしまい、薄く散らかった頭を見せつけるようにしている男性は、白いタンクトップにグレーのハーフパンツと、まるで「裸の大将」のようであった。

おもわず、レコードを探すことも忘れ、まじまじと見てしまう。

この手の写真や映像を嗜好とする人がいるのは知っている。レコードを売りにきた人がそういう人で、そのコレクションが、たまたま混ざってしまったのだろう。

見ているうちに首吊りの大将が、知人か、それとも芸能人か、誰かに似ているような気がしてきた。気味が悪くなってきたので、写真はレコードの入った箱の隙間に戻しておいた。

店を出てから、気になった。

あれは、本物の写真だった。ネガから現像したものだ。

あんな写真を、持ち主はどうやって入手したのだろう。

死体を偶然に見つけて撮影したのか。自ら樹海などへ足を運び探しだしたのか。あるいは、同じ嗜好の仲間がいて、そういうコレクターから入手したのか。

初めて見る首吊り死体は、なにか、興奮させられるものがあった。

そうした嗜好の理解はできないが、なかなかじっくり見られるものでもないので、もう一度くらいなら見てもいいなとおもった。

そんなふうに考え事をしていたら、前方から歩いて来た人とぶつかりそうになり、寸前で躱《かわ》した。

すいません、と頭を下げると、

「そでとか」

耳元で、いわれた。

顔をあげると、ガンで死ぬ直前の芸能人のような、厭《いや》な痩《や》せ方をした女性が、薄笑いを浮かべながら去っていった。
気味の悪い女だ。今のは、俺にいったのか。
なんだよ、「そでとか」って。それとも、「それとか」か。
おかしい人なのかもしれない。意味なんてないのだろう。

帰宅した小野寺さんは、コートを脱ぐと椅子の背もたれにかけた。
すると、垂れ下がっている袖から、何かがポトリと落ちた。
それを拾い上げた小野寺さんは、自分の目を疑った。
首吊り死体の写真だった。
レコード店で見たものとまったく同じ写真だ。
しかし、どうして、ここに……。
物が物だけに、背筋がぞくぞく寒くなった。
元に戻したつもりで、コートの袖の中に入り込んでしまい、そのまま持ち帰ったのか。

いや、違う。きっと、さっきの女だ。

先ほど聞いたばかりの言葉が、頭の中で再生される。

「そでとか」

あの女が入れたのだ。コートの袖の中に。

捨てたら、また戻ってくるよう気がして、写真はシンクの中で焼いたという。

あれがない

中学の修学旅行で体験した話であるという。

宿泊したのは中国地方にある古いホテルで、徳田《とくだ》さんは小森《こもり》と渡辺《わたなべ》と三人部屋だった。

エントランスの自動ドアが開くたびにガタガタ鳴ってうるさかったり、廊下の照明がちかちかと点滅していたり、宿泊客が蹴り抜いたのか、押し入れの襖《ふすま》があからさまに補修されていたりと、そういう箇所をみつけるたびに「せっかくの思い出なのに安い宿を選んでくれたな」と、つくづくがっかりさせられたという。

夕食の後は自由時間なので、こっそり持ち込んだ携帯ゲーム機で遊ぼうとなった。

ところが開始から五分、徳田さんのゲーム機のレバーが片方、急に反応をしなくなってしまった。これは致命的である。キャラの移動ができないのだ。

他の二人のゲーム機にも異常が起こった。ボタンが利かなかったり、押された状態のままになっていたり、勝手にホームボタンが押されたりと、どうにもならない。

「やってたのが『モンスター《モ》・ハンター《ハン》』なんで最悪ですよ。一瞬の操作ミスが死を招くゲームですからね、ボタン一つでも使えないと地獄ですよ」

同時に三人のゲーム機が故障するなんて、ないことだ。誰がいいだしたか、すべてはこのボロホテルの磁場が悪いんだということになり、そこからは学校や親へ不満を零《こぼ》す愚痴《ぐち》大会である。俺たちの青春を何だと思ってるんだ、親や学校がケチらなければもう少しマシな旅行になったのに。そんな不満をこぼし合っていると、徳田さんはもよおしてきた。

「トイレ行ってくるわ」

「あ、じゃ、俺も」

渡辺を残して小森と二人でトイレへ行き、すぐに戻ってくると扉の鍵が閉まっている。

部屋の扉は自動ロックではなく、差し込むタイプの鍵である。わざわざ、中から鍵をかけたということだ。

「やられたよ」

「おーい、つまんねぇことしてんなよ」

「さっさと開けろ、寒《さみ》ぃんだからさ」

ノックし、声を掛けるが、まったく反応はない。

「開けろって。これ、マジのやつだからな」

中で声を殺して笑っている渡辺の姿を想像すると腹が立ってくる。

ドアポストがあるので、徳田さんはそこから室内を覗き込んだ。

渡辺がいる。ドアから少し離れた床の上で、こちらを向いて体育座りをしている。

「あと三秒やる。開けないと、おまえにいろいろ、ひどいことするからな。さーん、にーい」

そんな脅しも通用せず、渡辺は体育座りの姿勢を解く様子がない。

なんなんだよ、寝てんのか、こいつ……あれ？

徳田さんはドアポストの隙間から見える光景に不自然さを感じた。

小森を引き寄せ、耳打ちする。

「あいつ、服着てないぞ」

「はぁ？」

ドアポストは視界が狭く、渡辺の全体像が見えないので何とも言えないが、膝《ひざ》と膝のあいだに頭を入れ、両膝を抱きかかえるように座っている彼の太腿《ふともも》は肌の色に見えた。

小森も屈んでドアポストから覗き、「マジだ、なにがしたいの、こいつ」と笑った。

「替わって替わって」

交代し、徳田さんは再び覗きこむと今度は、渡辺は立っていた。

なにもはいていない腰から下だけが見える。だが、とても奇妙な光景だ。

渡辺には性器がなかった。あるべき部分が、のっぺりとしている。

肌色の股引《ももひき》でもはいているのかとよく見るが、足の質感は肉の肌であることは確かで、それがそのまま、のっぺりとした股間へ続いている。異様な光景に圧倒され、徳田さんはドアから離れた。

「もう、露出狂は放っておいて、他の部屋の厄介になろうぜ」

中に聞こえるように小森がわざと大声でいうと、ドアが開いた。

開いた隙間から、水を滴らせた濡れ髪の黒い頭がヌゥッと出てくる。

渡辺だった。

「お前ら、そんなとこでなにしてんの？」

この後、当然ながら三人はもめるわけだが、どうも話が食い違う。

まずなにより、渡辺は鍵をかけた覚えはないと身の潔白を訴えるのだ。トイレに行ったまま二人が帰ってこないから、他の部屋にでも行ったのだろうと、シャワーを浴びていたのだという。

それはおかしな話だった。二人はトイレに行ったといっても小用で、三分とかかっていない。

携帯電話で時間を確認した徳田さんは「なんだ、これ」と声をあげた。

おもっていた以上に時間が経過していたのである。

正確にはわからないが、小森と二人で三十分近くトイレにいたことになる。

先ほどの光景をおもいだした徳田さんは、ドア付近の床を指して渡辺に確認する。

「そこで、体育座りしてたよな？　裸で」

「だから、シャワー浴びてたっていってるじゃん。なんの話してんの？」

嘘をいっている感じではない。その証拠に渡辺の身体からは湯気が立っている。

ならば、座っていたのは——徳田さんと小森は顔を見合わせる。

なんとなく、状況を察したらしい渡辺は「え、じゃあ、もしかして」と顔を強張《こわば》らせる。

——おまえらじゃないの？

渡辺がシャワーを浴びていると、部屋のほうから「火事だ」と騒ぐ声が聞こえてきたという。もちろん、自分を脅かそうとする二人の悪戯《いたずら》だとおもっていたそうだが。

他の生徒や教師もいるのに、そんな紛らわしいことを廊下で叫ぶはずがない。

ここで徳田さんが、先ほど見た性器のない人物のことを話すと、たちまち怖くて耐えられなくなってしまい、三人は慌てて荷物を全部持って、他の班の部屋へ無理やり押しかける形で移ったという。

「幽霊か何か知らないですけど、アレがないって気味が悪いものですよね」

そういえば、一つだけよかったことがあったという。

三人の携帯ゲーム機は、帰ったら直っていたそうだ。

イタリア映画

「本当に怖いおもいをしたのは、この一度だけですね」

これは古居《ふるい》さんが中学生の頃であるから、二十年ほど昔の話になる。

冬休みの夜、なぜかこの日はまったく寝つけなかった。

漫画も読み飽きたし、ゲームはみんなクリア済み。仕方がなく、父親に返却を頼まれていたレンタルビデオを観ることにした。

バックに静かな歌と音楽の流れる、年代の古そうなイタリア映画で、恋人を亡くした女性の物憂い日々を描いた、中学生には少々退屈な内容だったそうだ。タイトルは覚えていないという。

イヤホンをつけ、いつ寝てしまってもいいように部屋を暗くし、布団に横たわる。

つまらなければ眠くなるだろう。そんな期待のみでの視聴であったが、この日はどういうわけか、まったく睡魔がやってこない。かといって、このまま退屈な映画を観続けるのも、時間を無駄にしているようで、せっかくの休みが勿体《もったい》なく感じる。テレビでも観るか。テープを停めようとビデオのリモコンに手を伸ばした。

さり、さり、さり

紙を擦るような音が鼓膜を撫ぜた。

明らかにシーンとは関係のない音が入っている。

イヤホンの接触を確かめたが、とくに問題はない。同じシーンにのみ、さりさりと音が入るので、映画の元のフィルムに問題があるのかもしれない。ビデオテープの劣化も考えられる。いずれにしても、素人の耳では原因などわかりようもない。

雑音が入る箇所は、ストーリーの中盤。主人公の女性が、死んだ恋人の写真を暖炉に焼《く》べるシーンがあるのだが、そこで主人公の音声にだけ雑音が被《かぶ》るのだ。

耳障《みみざわ》りというほど不快な音でもなく、字幕も出ているので視聴には何の問題もないのだが、万が一、テープが縒《よ》れているとか、こちらの責任となる事態がデッキの中で起きていれば、弁償は免れない。

自分は観なかったことにしよう。

カセットテープをデッキから抜き、布団に潜り込んで、無理やり瞼《まぶた》を閉じた。

すると、一分もせずに、
さり、さり、さり
また、聞こえてくる。

――え、なんで？

がばり、と起き上がる。聞こえてくるのは、ビデオの中の雑音と同じ音。テープを抜いて、テレビの電源も切った今、聞こえるはずがない。

しかし、よく聞いてみると、紙を擦るような音はテレビからではなく、隣の部屋から聞こえてくる。じっと聞いていると、計ったわけではないが、二分に一度くらいの間隔で数十秒間、音がしている。

隣は祖母と祖父の部屋で、祖父が亡くなってからは祖母が一人で使っている。時刻は零時をとっくに過ぎている。早寝の祖母は当然、寝ている。つけっぱなしにしたテレビの音でも漏れているのだろうか。

なんとか理由をこじつけてはみたが、おもうことがあり、どうしても気になって眠るどころではない。音の正体を確かめることにした。

部屋を出ると、消灯された真っ暗な廊下の中、隣の祖母の部屋の扉が白い光で四角く縁取られている。中の電気がついているのだ。音はやはり、祖母の部屋から聞こえている。

「おばあちゃん、起きてるの？」

小さくノックし、声をかけるが返事はない。

扉に耳をつけ、中の様子を窺《うかが》ってみる。おかしい。いつもは壁を越えてくるほど大きな祖母の鼾《いびき》が、今夜はまるで聞こえない。

さっきから、妙に厭な予感がしている。

「おばあちゃん、大丈夫？　入るよ？　いい、入るよ？」

ノブに手をかけると、背後から衣擦れが聞こえた。

後ろに祖母が立っていた。

「もう、びっくりしたぁ、こんな夜中になにしてんの?」

喉が渇いて目が覚めてしまい、居間へ蜜柑《みかん》を取りにいっていたという。廊下の電気くらいつけたらいいのにというと、家族を起こしては悪いとおもったのだそうだ。

おどろかせてごめんよ、と謝られた。

そんな会話をしているあいだに、あの音は聞こえなくなっていた。

祖母の部屋を確認してみたが、テレビの画面は暗く、窓も閉まっている。押し入れの中を確かめ、エアコンの室外機の音かもしれないので窓を開けて外に耳をすませもしたが、紙を擦るような音を発するものは見つけられなかった。

すっきりしない気持ちのまま部屋に戻り、布団にもぐり込むと、

さり、さり、さり

また、聞こえてくる。

それから音は一時間ほどで止んだが、怖くて明け方まで眠ることができなかった。

——という話である。

私はメモの手を置いた。

不思議な話である。しかし、ものすごく怖いかというと、正直、そこまでには感じなかった。本に書くにしても微妙かもしれない。私が麻痺《まひ》しているのか、あるいは自分の耳でその音を聞いていたら、また違った感想になるのか。

体験者だからこそ感じたこともあるかもしれない。私は再びペンを取り、今の体験のどのあたりが特に怖く感じたのか、失礼のないように訊ねてみた。

「これはあくまで、僕の想像になっちゃうんですけど」

寝たきりであった祖父は、隣の部屋が最期の床であった。

死ぬその時まで、手を伸ばし、なにかをいいたそうな目を家族に向け、苦しそうな声をあげていたが、それは微《かす》かな声で、ほとんど言葉にもならなかった。

かろうじて息を繋《つな》ぐその声は、まるで紙を擦っているような――

まさに、ビデオや祖母の部屋から聞こえていた、あの異音と、まったく同じものであったというのである。

「まだ、隣の部屋で苦しんでいるのかもしれません」

イタリア映画の中で異音にかき消されていた台詞は何だったのか、教えてもらった。

もうだめだ

カブトムシ

御手洗《みたらい》さんが小学生の時。昭和の終わり頃の話である。

長野県に住む叔父が、家にスイカとカブトムシを持ってやってきた。

自宅の近所の裏山で、わざわざ捕まえてくれたものだという。

都会に住む御手洗さんにとって、カブトムシはたいへん貴重な昆虫であった。ファミコンソフト以上に価値のあるお宝である。デパートで数千円の値札を掛けて売られているものなんて、お小遣いが三日で百円の一般家庭の子供には買えるわけもなく、なにより、どれくらい生きるかもわからない虫に何千円も払うことを親が許してくれない。

叔父の持ってきてくれたお土産《みやげ》は、そんなデパートで売っているカブトムシなど目ではないほど立派であった。豪快にも叔父はそんな黒い宝石を、穴をあけたビニール袋に入れて持ってきたので、急いで虫籠を買ってきた。よく、駄菓子屋や文房具店で売っていた黄緑色の籠である。

御手洗さんは嬉しくて、ずっと籠の中を眺めていた。

黒い光沢を帯びたカブトムシは逞《たくま》しく、重たげな動きが、まるで戦車のようでかっこいい。

「籠は丈夫なのに替えた方がいいな」

都会で売られているカブトは貧弱で、売ってるものなんて、もう死にかけている。田舎のカブトは本気になれば、こんな籠なんてあっというまに壊してしまうくらい元気いっぱいだし、おまえだって負けちゃうくらいの力があるんだぞと、叔父は自慢げに語った。

その夜、どうしてそうなったのかはわからないが、御手洗さんは籠の中のカブトムシを手に取り、こっそりと食べていた。

ばりばり、ばりばり。

噛むと大きな音がした。それが面白くてやめられない。

そんな行為を後ろから父親か叔父に見られ、「これはカブトムシじゃなくて、チョコレートだったんだよ」と嘘をつく。


気づくと自分の部屋の布団の中にいる。

夢を見ていたのだ。

ああ、よかった。ひどい夢だった。

隣では、ものすごい鼾《いびき》の音がしている。泊まっていった叔父が横で寝ているのだ。

ばきばきと歯ぎしりもたてている。この音のせいで変な夢を見たのかもしれない。

鼾や歯ぎしりに交じって、かさかさと音がする。

勉強机の上に置いた虫籠から鳴っているのだ。籠の中に短冊切りのチラシをたくさん入れているからである。カブトムシは鈴虫のようには鳴かないから、せめて動いているのが音でわかるようにと父親が入れてくれたのだ。

カブトムシは眠らないのか、真夜中なのに元気に動いている。この音を聴いていると、あのカッコいい雄姿をまた見たくなってしまった。

叔父を起こさぬように、そっと静かに起き上がる。

机の前には、すでに先客がいる。

自分と同い年くらいの横縞のシャツを着た男の子だ。

床に両膝立ちになって、両腕と顎《あご》を机にのせて虫籠を覗き込んでいるように見える。

どこから入ったんだろう。近所の子だろうか。僕のカブトムシなのに。

「だれ?」

返事も振り向きもしない。

もしかして、これはお化けなんじゃないだろうか。

怖くなった御手洗さんは、叔父を起こそうと身体を揺するが、鼾と歯ぎしりが大きくなるだけで、起きる様子がない。男の子は、いつ振り向くかもわからないというのに――。

明るくすれば消えるかもしれない。

そっと手を伸ばし、電気の紐を掴んで引っ張る。

白く眩しい光が闇を払う。

叔父は唸《うな》りながら、眩しそうに顔を歪め、「もう朝か？」と訊いてきた。

この後の記憶は曖昧《あいまい》であるという。

男の子が誰で、結局はどうなったのか。

肝心な記憶がほとんどない。男の子を玄関まで連れていって帰した記憶があるような気もするが、他の記憶とごっちゃになっている可能性が高い。今考えれば、そんな夜中にカブトムシを見に来る子供が実在するはずがないのだ。

後、覚えていることといえば、翌朝に虫籠の中を見て大泣きしたこと。その日、叔父が帰るときに駅のホームで御手洗さんの頭を撫でながらいった言葉だ。

「ちがうもの、もってきちゃって、ごめんな。また捕まえて持ってくるから」

叔父は本当に申し訳なさそうに、何度も謝りながら帰っていった。

ちがうものとは、なんなのか。あの夜と関係があるのか。

それを唯一知っている叔父は、残念ながらもう来ることはできなくなった。

半年後に急な病気で亡くなったからだ。

あの夜の翌朝、カブトムシは籠の中で死んでいた。

どうして、そうなったかはわからないが、身体の半分がなくなっていたのだという。

ブラックライダー

数年前の、よく晴れた日。

久米氏は友人の鈴木さんとバイクでツーリングにいった。

鈴木さんが新車のバイクをならしたいというので、少し距離はあるが、久米氏イチオシの手打ちうどん屋へいこうということになった。

「K市の山の上の方にぽつんとある、人に知られていない名店です。遠方から来る客も多くて、いくと必ず何人か待ちなんですよ、山奥なのに」

正午前、ぽつんと佇《たたず》む自販機を見つけ、少し休憩しようとなった。

バイクの横に座り込んで缶コーヒーを飲みながら鈴木さんの恋愛事情などを聴いていると、急に鈴木さんが言葉を止め、目を細めると、先にある林道の入り口を見つめだした。

「どうした?」

「いや、あれ、なにかなって」

林道の入り口のところに置かれている、赤く錆《さ》びた自転車を顎でさす。

そのあたりに黒いものが立っているのだという。

「どれ?」

「自転車のとこ。あ、見てるとこ違う。手前ね」

「え?　手前って、どこ」

「だから自転車のすぐ傍だって。あんじゃん」

「……わっかんねぇな。どんなんよ」

「あるじゃんよ、黒くて、ひょろっとしてるの」

鈴木さんは立ち上がると、その自転車のそばまで近づいて、「あれ、なにこれ」と地面の方を指さしながら素《す》っ頓狂《とんきょう》な声をあげている。その声ははしゃいでいるように弾んでいるが、彼の指が示す先には、なにもない。

「いやあ、解決、解決」といいながら戻って来た鈴木さんは久米氏の横に座ると、再び恋愛トークを続けだした。この時の鈴木さんは明らかにおかしかったが、快晴の青空の下では、そんなこともすぐに気にならなくなったそうだ。

三十分ほど休憩すると二人は再び、山の上のうどん屋を目指した。

バイクを走らせてから五分も経たず、それは起こった。

斜め前方を走る鈴木さんのバイクの後輪が、黒く見える。

黒煙か影が覆っているようで、銀色のホイール部分まで見えなくなっていた。

はじめは眩《まぶ》しい日差しに目が眩《くら》んだのかと何度か瞬《しばたた》いてみたが、そう見えるのは鈴木さんのバイクの後輪だけである。ビニールでも引っ掛けているのではないかとも考えたが、どうもそういうものでもない。

先ほどのことが頭を過《よ》ぎり、なんだか悪い予感がした。

このまま彼を走らせてもいいだろうか。事故を起こすのではないか。

久米氏はバイクを鈴木さんの横につけ、「止まれ、止まれ」と声をかけながら手をあげ、合図を送った。

鈴木さんのライトグリーンだったフルフェイスは、影の塊《かたまり》のようになっていた。後輪を包んでいた黒いものは、すでにバイクも鈴木さんも覆っていたのである。

本能的に、これは危険だと察した。

大声で「止まれ」と呼びかける久米氏に鈴木さんはなにか言葉を返してきたが、その声は走行音を掻き分けて聞こえるほど異様に甲高く、しかし、なにをいっているのかわからない。日本語には聞こえず、かといって英語やハングルといったものでもなかった。初めて耳にする語感だったそうだ。

彼の身に異常なことが起きているのは間違いない。

絶対に鈴木さんを止めなければと前に回り込み、後方を見ると、もう彼を覆っていた黒いものは跡形もなく消えていた。

消えたとはいえ、それで終わったとはおもえず、むしろ、不吉だった。

もうツーリングどころではなく、路肩に停めさせて鈴木さんのバイクの後輪を確認すると、案の定、スポーク部分に茶色くて長い、動物の毛のようなものが大量に絡まっていた。

不思議そうな顔をしているので、走行中に起きていたことを伝えると、鈴木さんの顔色が変わっていくのがわかった。狸か何かを轢いたんじゃないのかと問い詰めると、つい先日、地元で厭なことがあったのだと告白してきた。

その表情と口ぶりに、なにか怪談めいた話にでもなるのかと心して聞こうと構えたが、そこまで話しておきながら、なぜか鈴木さんは黙りこくってしまう。

「どうしたの、気になるじゃない」

そう先を促すと、渋々と語りはじめる。

夜中に走っていると、後ろから何かの音がするので、慌ててバイクを止めて確かめた。

すると後輪に、数輪の花が絡まっている。あまり見たことのない花だった。その花からは強い線香のにおいがし、ぞっとして、すぐに引きちぎって捨てたのだという。

「それって、そういうことだよな」と久米氏がいうと、

「そういうことかもな」と鈴木さんは頷く。

路に供えてあった花を、彼は轢いたのだろう。

しかし、スポークに絡まる茶色い毛はなんなのだろう。花と関係があるようにもおもえない。

なんにしても、目的のうどん屋を諦め、この日は地元へ引き返すことになった。

二週間後、鈴木さんは勤め先の工場で右足の膝から下を切断する大怪我をした。

怪我をする数日前、彼は納車して一月《ひとつき》も経っていないバイクを売りに出していた。

その理由を何度も訊いたのだが、なぜか彼は語ってはくれず、以来、疎遠になっているという。

キスの思い出

柏井《かしわい》さんには親にも友達にも、誰にも話していない秘密にしていることがある。

小学生の頃である。自宅の一階にある廊下の突き当たりには小さな窓があって、そこで時々、同い年くらいの女の子と逢瀬を繰り返していた。

近所の子ではない。外では一度も見かけたことがなかった。

髪の毛は明るい金色で、肌は眩《まぶ》しいほどに色白。大きな青緑色の目をしていた。

外国人の女の子である。どこの国の子かは、わからない。

いつ、どうしてそういう関係になったのか、不思議とその記憶もない。

いつのまにか、なのである。

いつのまにか、夕方になると、その窓から少女が家の中を覗くようになっていた。

二つ上の兄は塾。母親は夕食を作っているので忙しい。ちょうどいい時間帯だ。

会話を交わした記憶もあるのだが、どんなことを話したのか、どんな声であったのか、かなり大事なことなので忘れるはずはないのだが、これも覚えていないそうだ。

そもそも、外国人の少女は日本語を話すことができたのだろうか。

こんなに不鮮明でありながらも、恋をしていたという感覚は生々しいほどに覚えている。

「子供ながらに、これは人にばれたらまずいとおもっていたみたいなんです」

秘密にすべき恋だった。

だからこそ、誰も見ていないところでは少しだけ大胆になれた。

硝子《ガラス》越しに、何度もキスをした。

キスが、どういう関係の人同士が、どういう意味でする行為なのか、わかっていた。

だから、嬉しくて仕方がなかった。

女の子から求めたのか、自分から求めたのか、いずれにしても、硝子に唇を押しつけている時は、気持ちがそわそわして、嬉しくて、ほんの少しだけ怖かった。

硝子越しにも、彼女の唇の温もりを感じた。

窓の外側に盗難防止の柵があることを知ったのは、会わなくなってから、だいぶ、後になってだ。

外国人の少女がどうやって、柵を越えて窓に唇をつけていたのか。

彼女が誰なのか。どうして自分とキスをしてくれたのか。

別に、わからないままでいいそうだ。

柏井さんの中では宝物のように大切な、甘酸っぱい記憶なのである。

キメラ

響子《きょうこ》さんが小学生の頃まで暮らしていた村は、静かで寂しく、どこか薄暗い雰囲気の、記憶に残るような美しい景観もない、ひどくつまらない場所であった。

住人の数は年々減る一方で、当時、小学校の全校生徒は六十数人、同学年は二十人余であったが、卒業する頃には十人台にまで減り、次の学年は一ケタであったという。

とにかく、変化や未来という言葉には疎《うと》い村であった。いつまでに道路ができるとか、どこそこに施設の建つ計画があるとか、村の大人たちのあいだでは明るく景気のいい発展の兆しがたびたび囁《ささや》かれてはいたのだが、実際は重機と作業員がやってきて工事が始まっても、何かが完成したためしはない。

せっかく穴を掘ったのにまた埋めなおしたり、それらしい完成の形が見えてきたのに中途半端なところで止まってしまったりと、結局、村はいつまで経っても悪い意味で変化がなく、むしろ、掘りかけ、作りかけで放置された場所が土地を侵食していくばかりで、「人が住む」という、コミュニティにおける最低限の機能までもが喰い削られていった。だから、子供たちも無駄な期待はせず、大人の事情は色々と難しいのだということを自然にわかっていたそうだ。

そんな村で過ごした数少ない思い出の中、今考えても奇妙で説明のつかないことがある。

外国人が引っ越してきた。

ある日、そんな噂が村中に広まり、子供たちが大騒ぎになった。

刺激の少ない村では大ニュースだ。

当時、六年生だった響子さんは、同級生の何人かで、その家を見にいったという。

外国人の家は、村の外れにポツンと建っていた。

子供たちは勝手に、お城みたいな大きくて豪華な造りの家を想像していた。

ところが実際は、トタンだけで拵《こしら》えたような、みすぼらしく小さな家であった。肩透かしを食い、「つまんない」とぼやきつつ、「子供はいるのかな」「転校してくるかな」と再び期待を胸にしながら、みんなで帰ったのを覚えているそうだ。

それから一週間ほど経っても、一向に外国人を見たという話は聞かなかった。

デマだったのではないか。皆が噂を疑いだす。

所詮、小規模なコミュニティの中で巡った噂。発生地点は、すぐに判明した。噂の発信源は二人の四年生の女子であった。

彼女たちは、問題の外国人が引っ越してきた、その当日の様子を見ていた。

背が高く、いかにも外国人という顔をした男の人が、あのトタンの家の前でシャベルを引きずって歩いている姿を目撃していたのである。

響子さんも、この二人の目撃者から話を聴いたことがある。

「●●に似てる人だったよ」とは、目撃した一人の談。

伝記本に写真が掲載されている、ある有名な偉人とそっくりだったという。

もう一人の女の子は、駄菓子屋に売っている某菓子のキャラクターに似ているという。

かっこよかったのかと問われると二人とも首を傾げ、「かっこいいかもしれない」と揃って曖昧《あいまい》な答えを出す。

これでは、まったく人物像が掴《つか》めない。本当に外国人かどうかも疑わしくなってきた。なにより、目撃したのが四年生の女子が二人だけというのが微妙に頼りない。

そんな中で、今度は六年生に目撃した者が現れた。

六人の男子たちは自転車で池のそばを走っていると、前方からシャベルを引きずって、俯《うつむ》き様《ざま》で歩いてくる、背の高い、見慣れぬ大人の男性を見ていた。

遠目にも日本人離れした面立《おもだ》ちがわかり、妙に顔が長く、馬面《うまづら》であった。肌は真っ白で、この人が噂の外国人かとおもった六人はすぐに自転車を止めると、会話をしているふりをしながら、その人物がそばを通過するまで待った。ちゃんと確かめたかったのだ。

ところが、なかなか近くまでやってこない。

よほど歩幅が小さいのか。前方に姿は見えているのだが、さっきから距離が変わっていないような気がする。止まっているのかというと、ちゃんと歩いて進んでいるように見える。

どれだけ待っても来ないので、同じ場所を行ったり来たりしているのではないかとなり、もう少しこちらから近づこうと話しているうちに、外国人はいなくなっていた。

そんな短時間で完全に姿を隠せるような場所ではなく、たとえ走って去っていったにしても、全員がそれを見逃すはずはない。

すっかり、六年男子のあいだで、その外国人は「宇宙人」扱いだった。

瞬間移動《テレポーテーション》を使ったというのだ。

女子はもう少し大人なので、別の仮説を唱えていた。

外国人などではなく、ただの変人が引っ越してきただけではないのか。

冷静に論じ合った結果だった。

村の誰も詳しい情報を持っていないということは、大人たちとも交流がないということだ。それは仕事もしていないという可能性が浮上する。住んでいるのも村の外れ。

家も適当に建てたバラック小屋みたいだし、改めて家を確認すると窓らしきものが一つも見当たらない。そして、目撃されている時は、なぜかシャベルを引きずっているケースが多い。いくらなんでも怪しすぎた。

なにより、決定的に外国人であるという情報がない。

偉人の●●に似た日本人離れした顔で、背が高く、色白。それだけである。

しかし、この外国人騒ぎは、まだ始まりでしかなかった。

「なんだか、えらいハンサムな外国人を見たよ」

響子さんの母親が学校付近で問題の人物を目撃していた。

色白な金髪。米屋の主人に少し似ていたという。米屋の娘は響子さんの同級生で、何度も家には遊びにいっているし、父親も見たことがある。しかし、外国人のようかといわれると首をひねってしまう。

祖父も目撃していた。例のトタン小屋の付近で幼い子供の手を引いて歩いている後ろ姿を見ていた。子供は金髪で、甲高《かんだか》い声で笑っていた。後ろからでは男の子か女の子か、わからなかった。小学校に入っていてもおかしくない年頃に見えたというが、そういう子供が転入して来れば、すぐに噂は耳に入るはずだ。

他の児童の親からも目撃情報が出てくるようになり、大人たちの認識も外国人であることがわかった。

子供たちのあいだでは、引っ越してきた外国人は、さらにおかしなことになっていた。

ある者は、真っ青な色の服を着て、家のそばで穴を掘っていたという。

ある者は、算数の先生にそっくりだったという。

ある者は、家で飼っている犬に似ていたという。

ある者は、顎に大きな瘤のようなものが下がっていたという。

ある者は、黒目が白く濁っていたといい、持っているのはシャベルではなく、杖ではないかという。

その頃の響子さんの見解では、引っ越してきた外国人は一人ではなく、複数。だから、情報がまとまらないのだ。子供がいるのなら、他の家族がいてもおかしくはない。

しかし、あの家は家族で住むにしては、あまりに小さく、粗末におもえる。

やがて、子供たちの想像と噂は制御を失い、「このまえ死んだ●●さん（若い女性）とそっくりだった」「片腕だけ地面につくほど長かった」「口がなかった」「歩きながら背が伸び縮みしていた」など、信憑性のまったくない、オカルト寄りの目撃情報が増えだす始末。

どんどん真実からかけ離れていくようで、なんだか噂を追いかけるのが馬鹿らしくなった響子さんは、引っ越してきた外国人への興味を失っていったという。


あの外国人が死んだらしい。

そのうち、こんな噂まで耳にした。

これは事実のようであった。例のトタン小屋の前に駐在さんやスーツを着た人たちが集まっているのを複数の大人たちが見ており、彼女の両親も目撃している。

自殺か事故か。死んだのは一人なのか。複数なのか。祖父の見た子供も一緒だったのか。

結局、ほとんどのことがわからぬまま、外国人の噂は囁かれなくなっていった。

響子さんが生まれ育った村を離れる二週間ほど前のこと。

また、奇妙な話を耳にすることになる。

「歩いていた」というのである。

背が高い外国人のような男が、あの小屋がある場所の近くでシャベルを引きずっている姿を複数の児童が目撃した。

偉人の●●に似ていた。顎に瘤を下げていた。片腕の長い白人だった。真っ青な色の服を着た子連れだった。

以前、囁かれていたのと同様の噂が、再び村を巡り出したのである。

なぜか、誰も「幽霊」だとはいわなかった。まるで生きている人間であるかのような目撃情報ばかりであった。

響子さんの父親も、ある晩、帰宅するなり驚いた表情で、「あの外国人がおった」と話した。職場の近くで、やけに背の高い人が行ったり来たりして目立つので、なんだろうと見てみると、あのトタン小屋の住人の外国人だったという。

「死んだんじゃなかったんかな」

興奮気味に語る父親の話を、まるで怪談でも聴かされているような、母親の昏《くら》い表情が印象的であったそうだ。


引っ越してから一年くらいは同級生と手紙を交わしていた。

その中で幾度か、「あの外国人の話、どうなってる?」と書いたが、明確な答えは返ってこず、その同級生とも疎遠になってしまったそうである。

もし、あの頃の噂がすべて真実だったとしたら。

すべての情報を合わせ持つ異国人が存在していたのだとしたら。

いったい、どんな人物が村にいたのだろう。

まるで、想像がつかないという。

たぬきでわなし

昨年末に刊行された『怪談五色　呪葬』（竹書房文庫）で、「後口上」を書く参考にと担当の方から、私を除いた四人の執筆者の原稿が送られてきた。

その中にあった、黒木あるじ氏の「ふりかえると」を読んだ私は、「ほお」と、ほくそ笑んでいた。

この時、私は翌年の一月末に刊行予定の本書のネタを集めていたのだが、その中に、この「ふりかえると」とよく似た話があったのである。

これは、西中さんの祖父、源三さんが新婚時代に体験された話である。

N県にある源三さんのご自宅の周辺には、狸がよく出た。

朝方、轢《ひ》かれた狸の死骸を道路で頻繁に見かけたそうで、特に狸が多い路《みち》には金網のような高い柵があって、狸が通れないようになっていたという。

源三さんが通勤に使っていた路も狸の往来が多かったが、なぜか金網を設置されていなかった。しかも見通しが悪いので気がついたときは遅い。だから、いくら気を付けていても轢いてしまうことがあり、タイヤを見たら狸の破片がこびり付いていたこともあった。

ある曇天の早朝。

職場へ向かって車を走らせていると、道路の進行方向に茶色っぽい塊《かたまり》が五つほど転がっている。遠目にも、中から漏れたものが赤黒い轍《わだち》と同化しているような無残な光景が見て取れる。

五匹は多いな。親子で轢かれたんだろうか。可哀想に。

死体を避けようと路の左側へ車を寄せながら、「え?」となった。

とりあえず、ひょい、ひょい、と避けた後、遠のく五つの物体をミラーで確認する。

やはり、狸ではなかった。

人の腕や足に見える。

まさか、轢き逃げか？

山から山菜取りの爺さんが下りてきて、路端で休んでいることもある。この辺は街灯もないので、そういう事故が起きてもおかしくはない。

車を端に寄せて停めると、確認するために歩いて路を戻っていった。

しかし、不思議なことに、転がっていた五つの物体が見当たらない。

場所は間違っていないはずだった。引きずったようなタイヤの跡も消えている。

こりゃ、朝から化かされたかな。

苦笑しながら車に戻ると、職場へ向かった。

この不思議な出来事を職場の人間に話すと、みんなに笑われた。

お前は普段からぼうっとしていから、狸に馬鹿にされたんだ、と。

その日は午前から外《そと》での用事があり、夕方ごろに職場へ戻ると、自分の机の上に紙の切れ端が置かれている。そこには、たどたどしい文字で、こう書かれていた。

たぬきでわなし

誰がメモを置いたのかと訊ねても、みんな首を横に振る。

ふざけているとか、嘘をついている表情でもない。

結局、誰が紙を置いたのか、わからないままであった。


源三さんの話はこれで終わるのだが、西中さんが、その狸のよく出る地域について、ちょっとした情報を補足してくれた。

そのあたりには、狸ではなく、ムジナが化けるという言い伝えがあるのだそうだ。

ムジナの化かし方というのが面白く、上半身だけの男で現れるとか、子供のような手だけが荷車の車輪を掴むなどと伝わっており、その話をしてくれた知人の祖母がいうには、ムジナといっても身体は人ほどもないから、手足や半分だけといった、半端な化け方しかできないのだという。

源三さんが視たのも、そういうものであったのかもしれない。

ばあちゃんこわい

西中島さんは一児の母である。

彼女は今、とても大きな不安を抱えている。

祖母だ。

彼女は昔から、祖母のことが好きではない。むしろ、大嫌いであった。

その感情は日々、増していき、今現在は特に強くなっている。

祖母が怖いというのだ。

「ボケちゃってるとかでもないですし、悪気もないんでしょうけど、急にやりだすこととか、ぽろりと零す言葉が本当に怖い人だったんです。なんでそんなことするのってことばかりするんで」

私も祖父に散々怖がらされた口なので、彼女の気持ちはとてもよくわかる。私の祖父は愉快な人で、孫《わたし》を喜ばせようと、よく変顔《へんがお》や奇妙な動きの踊りを披露してくれたのだが、私は喜ぶどころか恐怖で震えあがってしまい、家中を逃げ回っていた。

相手は半世紀近く歳の離れた人間である。感覚がまったく違うのだ。その言動は時として不可解で理解し難く、小さな子供はそれを不気味に捉えてしまうこともあるだろう。

西中島さんの祖母の場合、喜ばせようというものではなく、思惑のまったくわからぬ奇妙な言動を見せたようだ。

いくつか例をあげると、「ワテル神（クテル神？）」「コノコロ大神」といった聴いたことのないような神様の名前を紙に書き、テーブルに画鋲で貼りつける。

飼い犬のことを突然、「みょうおうさん」と呼びだしたかとおもうと、餌皿に包丁を置いておく。

人に会うわけでもないのに真っ赤な口紅をつけて着物で着飾ったかとおもうと、無言で家の中を一時間ほど歩き回る。

異常な行動だ。しかし、祖母には自覚がしっかりとあり、「変なことをしていると
おもうだろうけど、頭はしっかりしてるから安心してね」と前置きをしてからの異常
行動であり、この後には、ちゃんと普通に戻るのである。
西中島さんは、いっそ祖母が痴呆であってくれればよかったという。
正常なのに異常なことをされると、日常を侵食されているようで不快だった。
数ある異常行動の中で、本当にやめてほしかったのは、何の前触れもなく声色を変
えることだったそうだ。
「みんなで食事をしている時、突然、やりだすんです」
甲高い女児のような声で、意味不明なことをべらべらと喋りだす。
これが、本当に七、八歳の女児が喋っているような特有の生々しさがあり、初めの
頃は何かが祖母にとり憑いたのではないかとおもったほどだった。
そんな祖母も亡くなり、数年が経った頃。
東京に出ていた西中島さんは職場の同僚と結婚し、出産のために里帰りをした。

親には安静を望まれたが、動かないのは逆に身体に悪いので、徹底的に実家を掃除しようとおもい、まずは子供の頃に自分が使っていた部屋の押し入れからはじめた。

中身を外へ出し、要るものと要らないものを分けていると、ぼそぼそと話し声のようなものが聞こえてきた。

外ではなく、家の中だ。

不思議なことに、押し入れの中に半身でも入れると聞こえ、よく聞こうと外へ出ると聞こえなくなる。荷物に音を出すものがあるのかと押し入れの中の物を全部出しても、外では聞こえず、押し入れの中でのみ聞こえる。

もっとよく聞こうと中へ入って、内側から襖を閉じると、はっきり聞こえた。

子供の声——いや。

祖母が声色を変えた時の、あの声とそっくりだ。

「やだ、なにこれ！」

悲鳴をあげながら、部屋から飛び出した。

居間にいる母親に起きたことを伝え、部屋に来て確かめてもらった。

母親だけ押し入れに入り、同じように襖を閉めると、中で黙って聞いていた。

「そうね、お母さんね」

押し入れの中から、襖越しに母親が伝えてきた。

「もうやだ、どうして、あの人の声が押し入れの中で聞こえるのよ」

声は何かを朗読しているようだが、一定の間隔で同じ言葉を繰り返しているようにも聞こえ、はっきりとはしているのだが、言葉としては聞き取りづらく、なにをいっているのかはわからない。そこがまた、祖母に似ている。母親はそう伝えてきた。

「もういいよ、怖いから出てきてよ」

西中島さんが懇願すると、押し入れ中から「ひっ」と聞こえた。

襖が勢いよくパタンと開き、中から真っ白な顔の母親が這い出てきた。

「いきなさい！　はやくいって！　いけ！」

わけがわからないまま、ものすごい剣幕の母親に急かされて家を出ると、車で祖母の眠る霊園へと連れていかれた。

怖くて何が起きたのかを聴くことができぬまま、二人で祖母の墓に手を合わせた。

帰りの車中、西中島さんは何があったのかを恐々、母親に訊ねた。

母体に障《さわ》るから聴かない方がいいといわれたが、知らないほうが余計に怖い。このまま、家に戻っていいのかもわからない。

「あんた、お腹の子、男の子よね、そういったわよね、それは確かなのよね」

そうだよと頷いた。

それなら大丈夫だから。

そういうと、後は何を聴いても答えてくれなかった。


西中島さんは今も、あの日に何が起きたのかを知らない。

お腹の子が男の子で安心した理由を知りたいのに、母親は沈黙を続けている。

今、夫と二人目が欲しいと話している。

もし、生まれる子が女の子だったら。

何かが起こる気がして怖いのだという。

ポンプ手

つい先日、私は知人の水野君が「体験者」であると初めて知った。

たまに会って一緒に飯を食いに行くのだが、取材で聴くことができた怪談や、最近視聴したホラー映画の話なんかをしても黙って頷《うなず》いているだけで、ウンともスンともコワイともなく、まったく喰いついてこないので、てっきりその系の話には関心がない人なのだとおもっていた。ところが、「それはそうと、なにか、おもしろコワい話はないものかのう」と、お道化《どけ》ながらふってみると、「おもしろコワいかはわかりませんけど」と淡々とした口調で語ってくれたのである。

母親が「面倒くさいもの」を視るのだという。

それは、神社の階段を「歩かないで下りてくる」大柄なお爺さんや、屋根の上で手を振る三メートルはある黒いナニカや、地元の祭の中、人にぶつかられても、子供にすり抜けられても、まったく動かずに佇んでいる女の人——などのことである。

そうしたものを頻繁に視ているそうで、母親はそれを、「無視するには気になるし、見たら見たで誰かにいいたくなるけど、真顔で話しても嘘くさくなるから説明が難しい」ので、「面倒くさいもの」という表現を使っているそうだ。

そうしたナニカを視ると、別にいいのにわざわざ水野君に逐一伝えてくるという。はじめはもちろん彼も信じていなかった。今はもう嘘をついているとは思わないが、テレビに出てくる自称霊能者やオカルト信者を見ていると、あれはちょっと信じられないので、そういう話は外ではやめてくれよと母親に頼んでいるそうだ。私にとっては羨ましい限りである。

水野君は視ないの？　と訊くと、こんな話をしてくれた。

何年か前、母親の運転で都内にある病院へ親戚の見舞に行ったときのこと。

その帰りの車中、運転中の母親が左肩を擦《さす》りながら、「ああ、重い」と、ぼやきだした。見ると、母親の手の上に何かが重なっているように見える。

母親が手を下ろすと、それは肩の上に残っていた。手だった。

手首から先だけが、母親の肩の上にのっていたのである。

うわっとなったが、なんとか声は抑えた。こんなこと、急に伝えれば母親がハンドル操作を誤って事故を起こすかもしれない。水野君は素晴らしく冷静といえる判断をし、後部座席でのけ反りつつ、手をしっかりと見つめながら母親に話しかけたという。

「お母さん、ちょっといい？　落ち着いて聞いてよ。手がね、肩にのってるんだけど」

「え？」と母親は左肩を見て、次は右肩を見て、「ほんとに？」と訊いてくる。

視えていないのか？

どうして、視える母親に視えなくて、視えなかった自分が視えるのか。

運転中にこんなものが視えてしまうのは、事故を起こす兆しなのではないのか。

はじめは冷静であるよう努めていた水野君も、だんだん頭の中がパニックになってきた。

「ねぇ、その手、男？　女？　今、なにしてる？」

そう訊かれても、手だけしかないのだからわからないし、見た目からでは性別のわかりづらい手だ。なにもせずに、ただのっているだけだよとそのまま伝えると、肩の手が突然、不自然な上下運動を始めた。

肩を叩いている――のではなく、機械的な上下の運動だった。まるで、その運動で空気が送り込まれているかのように手が膨《ふく》らんでいく。

以前、海外の水死体画像をネットで見たことがあり、それをおもいだしたという。水死体の手は赤黒く変色し、ぱんぱんに腫れ上がっていたが、目の前の手も、そのような変化を見せていた。

水野君は気持ちが悪くなってしまい、母親に車を止めてもらうと道端で吐いてしまった。

手はどうしているのかと見ると、窓越しに見える運転席の母親の顔が、野球のグローブみたいに浮腫《むく》んで見える。明らかに母親の顔ではないモノがいるので足が竦《すく》んで車に戻れないでいると、再び強い吐き気が彼を襲い、その場にしゃがみ込んだまま動けなくなってしまった。

どんどん体調は悪くなっていき、母親に車へ乗せられ、病院へ戻って検査をしてもらった。診断の結果、胃潰瘍であろうといわれたそうだ。

てっきり、これをきっかけに母親のように視える体質になるのではと恐れていたのだが、幸い、そういうものが視えたのは、今のところその一度きりであるという。

二度目があれば、ぜひ取材させてください、とおもわず私は敬語になっていた。

Yは危険かもしれません

まず、はじめに伝えておきたいのだが、この体験談には犠牲となってしまった人がいる。

この話で私が衝撃を受けたのは、かなり有名な心霊スポットに纏《まつ》わる話であるにもかかわらず、死人が出ているという点である。

というのも、有名な心霊スポットに言い伝えられている怪談の多くは後付けのものである場合が多く、そこで語られる悲劇は実際にはなかったか、かなり誇張されたものであって、真実が歪められたものばかりなのだとおもっていた。どうやら、私は考えを改めなければならないようだ。

能登谷《のとや》さんは昨年、地元の友人二人と、友人が声をかけた女性二人の四人で、S県の有名な心霊スポットであるYへ行った。

Yは古墳時代の遺跡であり、人の入れる横穴がいくつもあいている。名称を書かずともわかる人にはこれだけでわかってしまう場所だ。ここで怪しいものを目撃したという話はひじょうに多く、ネットの動画などでも話題になった、その手のものが好きな人たちには人気のスポットである。人気の理由は、横穴には自由に入ることができ、不法侵入というリスクを背負わなくてもいいからだろう。

穴の奥には鉄格子があり、そこから先は進むことはできないが、充分に雰囲気は味わえる。

能登谷さんたちは、その鉄格子のあたりで記念撮影をした。

絶対に心霊写真を撮るんだと意気込んでいた友人は、カメラの連射機能などを使って穴の中のあちこちをパシャパシャと撮影していた。

撮ったその場で、みんなで顔を寄せ合って、何かが映り込んではいないかと一枚一枚、確かめた。

想いが叶って、奇妙なものが数枚、撮れていた。

連射機能で撮影したもので、一枚目から、俗にいうオーブと呼ばれる謎の球が、複数写っていた。

期待していたものとはだいぶ違うが、幸先《さいさき》はいい。これはもしかするともしかするぞと期待をさせた。二枚目、三枚目と見ていくと、そのオーブはカメラへと近づいていっているように見える。能登谷さんの友人は「いいじゃんいいじゃん」と興奮を隠しきれない。

すると一瞬、皆が無言となった。

女子たちが揃って悲鳴を上げた。

ある画像だけ、オーブではなく、まったく違うものが写っていた。

それは、横穴の中の鉄格子付近で撮影した一枚だった。

能登谷さんと女子二人が写っている画像で、中央にいる女子の鼻が、別人のもののように形が変わっていた。正確には鼻と上唇あたりまで、まるで、皺《しわ》だらけのお婆さんの顔の一部を縫い合わせたような、不釣り合いな歪みと変色が生じていたのである。

そのうえ、なぜか彼女の目だけが赤い光を反射し、ぞっとさせるほど不気味な面相に変わり果てていた。

さすがに、意気込んでいた撮影者も言葉がなく、能登谷さんもこれには引いていた。顔の一部が変形してしまった本人は、そんな気味の悪い画像は消して、と泣き出した。

わかった、わかったと撮影者は頷いたが、こんなすごい画像、みすみす消すわけがないと能登谷さんはおもっていた。この時は彼女の目の前で消去して見せたが、案の定、それは別の画像だった。そんなことには気づかぬ彼女が、今度は「もう帰りたい」と再び泣き出したので、この日はこれでお開きとなった。

帰宅後、能登谷さんが携帯電話を見ると、メールボックスの中に、撮影していた友人からメールが届いていた。メールには「おすそわけ」と書かれ、例の画像が送られてきた。他の友人たちにも同様の画像を送っているようで、なんて罪深い奴だろうと能登谷さんは苦笑した。

しかしやはり、何度見ても気持ちの悪い画像だ。見れば見るほど、寒気が増す。あんな場所で、こんな顔に撮られてしまった女子の気持ちは如何ほどだったか、想像もできない。

これは本物の心霊画像に違いない。こんな画像を持っていたら、自分の身にもどんな悪いことが降りかかるか、わかったもんじゃない。どうせ、誰かは持っているわけだから、自分は消してしまおう。

削除ボタンに触れんとしている指を寸前で止めた。削除する前に見せておきたい人物がいた。母親である。

自称、「視える人」の母親は、この手のものには過剰な反応を見せる。

人が死んでいる場所はわかるというし、いつも行っているデパートやコンビニエンスストアでも、今日は空気が悪いといって外で一人、待っていたり、神社などに行くと、鳥居の下を通れないといって引き返したりすることがある。

こんな画像を見せたら、きっととんでもなく面白い反応をしてくれるはずだ。

翌日の晩、携帯電話の画面《ディスプレイ》に例の画像を出したまま、「癒《いや》される猫画像をもらったんだけど」と猫好きでもある母親を騙し、いきなり鼻先に突きつけるようにして見せた。

さすが、悲鳴は上がらない。無言である。よく表情を窺《うかが》おうと母親の顔を覗き込んだ能登谷さんは、気が付いたら床の上に転がって、鼻から血を噴き出していた。

何が起こったのか、そんなことを考える隙も余裕も与えられない。母親は二発目の拳を能登谷さんの顔面に突き刺すと、仰向けに倒れている彼に馬乗りになり、胸や顎へ無茶苦茶に拳を打ちつけてきた。

胸を殴られたことで一時的な呼吸困難となった能登谷さんが、息を吸おうと喘いでいるところへ今度は、首に両手が絡みついてきた。

殺される！

身を捩《よじ》って逃れようとする能登谷さんは、獣のように吠える母親に髪を掴まれ、ものすごい力で引っ張り戻されると、横腹を拳で抉《えぐ》るように何度も殴られ、顔を爪で掻《か》きむしられた。

息子を滅茶苦茶にした母親は、彼の顔におびただしい量の吐瀉物をかけると、よたよたと立ち上がり、おぼつかない足で寝室へと入っていき、それから静かになった。

その場に残された、ぼろきれのようになった能登谷さんは、痛みと恐怖でしばらく震えが止まらず、動くことができなかった。

一時間ほど経って、ようやく這うようにして自分の部屋に戻ると、あの写真を見たから母親が正常ではなくなったのだと恐ろしくなり、例の画像を処分した。

眠ったら殺されるかもしれないので朝まで起きていると、午前六時ごろに母親が部屋に入ってきて、ややホッとした表情で、こんなことをいってきた。

「よかった、あんたに戻って」

母親曰《いわ》く、昨晩の能登谷さんは、能登谷さんではなかった。

いきなり嘘をついて奇妙な画像を突き付けてきたとおもったら、自分を覗き込んでいるのが見知らぬ気味の悪い婆さんだったので、これは息子ではない、息子が何かを持ち帰ったのだと察した。

少々手荒ではあったが、あれは中身を追い出すためにやった除霊行為なのだという。

それから、小一時間ほどお説教をされ、最後にこんな脅しをかけられた。

「二度と、あんなもの連れてくるんじゃないよ。母さんがああしてなければ、あんたきっと――」

首、もってかれてたよ。

でたらめな忠告などではなかったのだと思い知るのは、約半年後だった。

Yへ一緒に行った友人は、あの後すぐ、画像で顔が変形してしまった可哀想な彼女と交際しており、「俺たちは霊で結ばれたんだ」などといって浮かれていた。

ところが、あっけなく二人とも、死んでしまったのである。

諸事情から死の詳細を記すことはできないが、二人は一緒の日に違う理由と場所で亡くなっており、どちらも一生記憶から剥《は》がすことのできない死に方であったとだけ伝えておく。

蚊の多い家

「今日、ウチに来いよ。輪投《わな》げあるから」

それが近野《こんの》の誘い文句だった。

小学生の頃、高間《たかま》さんの同学年に、そういう変わった児童がいた。

運動も苦手、頭もいいとはいえない。外見的にもこれといった魅力はないし、性格はしつこくてねちっこい、背の低い痩せた男の子で、彼は毎日のように「輪投げ」を餌《えさ》にクラスメイトに声をかけていた。

輪投げとは、お祭りでやるような、ああいう遊びのことか。それともまた違った玩具を指すのか。なんにしても、興味は持てないし、知りたいとも思わない。だって、何が楽しくて、輪投げごときで彼の家なんかで遊ばなければならないのか。友達を家に誘いたいなら、ファミコンのソフトの名前をあげるほうがよいはずだ。

誰もこんな価値のない誘いについていく子はいなかったが、高間さんはそれも可哀想だと日頃から感じていたので、ある夏、一度くらいは行ってあげてもいいかと「いいよ」と頷《うな》いてしまったのである。

で、輪投げって何と訊くと、「馬鹿だな、輪投げも知らねぇの」と、腰を低くし、あの、輪っかを放り投げるポーズをとって見せる。その言い方にムカッときたが、高間さんは我慢強かった。

学校帰り、一階が小さな工場《こうば》になっている近野家にお邪魔すると、油まみれの作業服を着たお爺さんとお婆さんが高間さんを歓待し、孫が友達を連れてきたのがよほど嬉しいのか、油まみれの軍手をつけたままで菓子とかジュースとかを持ってくるので、面白いお婆さんとお爺さんだねとお世辞でいうと、あれはお母さんとお父さんだという。とてもそうは見えなかったので、照れ隠しで冗談をいっているのだとおもった。

近野の家はやはりというか、想像以上に汚かった。彼が着てくる服はほぼ毎日一緒で、なんだか臭かったのでそんな予感はしていたのだが、家のあちこちにからからに乾いた食べ物のカスが落ちていて、飲みかけのコップやホウレンソウのおひたしが入った小皿などがテーブルに置かれたままなので、不快でならなかった。

なにより、蚊が多いのが嫌だった。

縞《しま》のある、やぶ蚊である。

例のぞっとするような羽音が幾度も耳をかすめ、隙を見せれば腕や足にまとわりついてくる。

腕にくっついているのを見て、すぐに叩いても、もう遅い。掌《てのひら》と腕には、潰れた蚊の破片と、黒い蚊の跡《プリント》と、なかなかの量の血が付着している。そこが痒《かゆ》くなったり、痒くなかったりもするので、手についた血は近野のものかもしれないのかとおもうと気持ちが悪かった。

外にいるよりも蚊が多い気がして、来て早々、もう帰りたかった。

さて、じゃあさっそく輪投げをしようかと近野は別の部屋へ取りに行き、これがなかなか戻ってこない。見つからないのか、トイレにでもいったのか、十分、二十分経っても戻ってこないし、こうして待っているあいだにも蚊に刺されるので、やっぱりもう帰ろうと立ち上がった。

黙って帰ると翌日、学校で何をいわれるかわからないので彼を探したが、人様の家で、あんまりうろうろもできない。「近野くーん」と呼んでみるが、一階の機械のカシャコン、カシャコンという音が邪魔をして届いていないのか、反応がない。

「もう帰るねー」と声を掛けながら、扉の開いている他の部屋を覗き込んでみるが、暗くて、彼がいないのはわかる。他に部屋といってもあるのはそこぐらいで、台所にもいる気配はなく、トイレらしき扉もノックしてみたが応じる者はない。歩いているのに蚊が追いかけてきて、もう一秒たりとも我慢はできなかった。

下の工場《こうば》にいるのかもしれない。いなくても、帰るついでに親にでも声を掛けておけばいいかと階段を下りかけた時だった。

たかまー、と呼ばれた。

近野の声だったが、どこから呼ばれたのか、わからない。

「どこ？　用事おもいだしたから、もう帰るね」

どたん、どたたたた。

慌てて、こちらへ駆けてくるような足音が聞こえた。

しかし、待ってみても音だけで近野の姿はない。でも足音は、もうすぐ目の前まで来ているのに。

怖くなった高間さんは、走って近野家を後にした。


翌日の学校では、やはり、近野にぐちぐちといわれた。

彼の言い分はこうだ。輪投げを持ってきても遊ばないし、話しかけても無視されるし、昨日はとてもムカついた、と。

もちろん、輪投げなんて一度も見ていないし、取りに行くといってから彼の姿は一度も見ていない。

近野の家は異次元にでも繋がっているのかもしれない。

その一点だけ興味はあったが、あんなに汚くて蚊の多い家には二度と行きたくはなかったので、その後もしつこく誘われたけれど、すべて断ったそうだ。

モヤモヤボール

「モヤモヤボールってわかりますか？」

古倉《こくら》さんに訊かれたので、私は正直に知らないと答えた。

新しいスポーツのようなものですかといったら、バラエティ番組に出てくる疣《イボ》のついたボールのことですと教えていただいた。半分以上ピンと来なかったので例によってネットで調べてみたら、芸人の名前は出てくるが、そのボールがなんなのか、よくわからない。いまだにわからないまま、これを書いている。

そのモヤモヤボールとやらと似たものを、高校生の頃に見たというのである。

「モヤモヤボールを知らないなら、そうですねぇ、ナマコをボール状にした感じっていえばわかりますかね、いや、違うかな」

それはピンク色でイボイボのある、拳大の球状のもので、風邪をひいて寝込んでいる時、気が付いたら枕元にいたのだという。もぞもぞと動くもので、頬に擦り寄ってきたり、枕を押してずらしてきたり、何がしたいのかわからない。でも、それ以上のことをするわけでもないので、放っておいたのだそうだ。

想像してみると、かなり可愛いらしい絵が浮かんでしまう。私は話を聴きながら、イボイボはないけど、『星のカー●ー』を思い浮かべていた。

この時は熱も高く、朦朧《もうろう》としていたので、「まあ、幻が視えてるんだろうなあ」くらいの意識でそれを捉えており、気にしないようにしていた。たまにそのピンクのボールを視界の端に置いて、「まだあるな」と確認していたという。

そうしているうちに、だんだんと熱は上がり、のぼせたのか、鼻をかんだら鼻血が出た。

眩暈《めまい》や吐き気もするし、トイレに行けば水のような下痢。

古倉さんは次第に、辛《つら》い原因は、枕元にいるヤツのせいではないかと考え始める。

エヘン虫みたいな、病気の塊《かたまり》なんじゃないのか。

それが、熱で朦朧《もうろう》とした高校生の想像力の限界である。

「おまえのせいか」と枕元に手を伸ばし、ピンクのボールを掴んだ。

モツのような、ぐにょっとした感触だった。

古倉さんはそいつを思い切り、壁へ向かって投げつけた。

ぐちゃっと潰れるような音がした。頭を起こすのも辛くなっていたので、どんな状態になったのかは確認しなかった。

枕元にそいつが戻ってくることはなかった。

それからは熱も下がり、病状も落ち着いていき、快復へと向かっていった。

あれは、やっぱり病気の塊だったんだ。俺、すげぇ。

そんなふうに勝利に酔っていると母親が帰宅し、残念な報告を古倉さんに伝えた。

腰を悪くし、長いあいだ入院していた祖母が、先ほど亡くなったのだという。

突然、心臓が止まってしまったと、医師から伝えられたそうだ。

ショックだった。大好きな祖母だったからだ。

母親が電話で親族に連絡を回している中、古倉さんは起き上がり、ピンクのボールを投げつけた壁を見た。ピンク色のボールは消えていた。

なぜか、ぼろぼろと涙がこぼれた。

ふと、こんなことを考えてしまったからだ。

あれは、病気の塊などではなく――。

祖母だったのではないか。

なにも確証はない。ただ、あの時、感じたのだ。

ピンクのボールを掴んだ時。

微弱だが、とくん、とくん、と、鼓動のような震えを。

まるで、あれ自体が心臓のようだった。

あれは祖母の心臓で、風邪で伏せっている自分を心配し、傍にいてくれたのでは。

だとしたら、自分は取り返しのつかないことをしてしまったことになる。

「絶対に違う。俺は病気の原因のモヤモヤボールのお化けを潰しただけなんだ」

今もあの時のことを思い出し、そう自分に言い聞かせているんです、と寂しそうにいった。

引忌

数年前、直子さんが出張先で宿泊した旅館での体験である。

毎年、某観光地に出張へ出るのだが、きまって予約の電話を入れる旅館がある。名は伏すが、とても歴史深い古い宿であり、温泉が本当に素晴らしい。特に海の幸を堪能できる食事はオススメで、そのためだけに遠方から来る客は多い。ネットでの評価も高く、シーズンオフであったとしてもキャンセル待ちであることが多いという人気の宿である。

「仕事で行くのでも、せっかくだから旅も楽しみたいんですよ。だから、泊まるならそこしかないって決めていて。でも毎年、予約がとれるわけじゃないんで、その時はとれてラッキーって喜んでいました」

この日は仕事を終えて宿に戻ったのが午後七時頃だった。

楽しみにしていた温泉で仕事の疲れを落とし、もっと楽しみにしていた冷たいビールと海の幸で腹を満たすと、明日の仕事のため、早めに床についたという。

朝まで熟睡かと思ったのだが、なぜか、夜中にパチリと目覚めてしまい、時計を見ると二時間も寝ていない。温泉の効果なのか、それでも充分に眠った後のように身体はすっきりとしていたので、無理に寝ることもないだろうと、窓際の行灯《あんどん》型のライトだけを点けて、籐《とう》の肘掛椅子に座って読みかけの文庫本を開いた。

そうして一時間ほど読書をしていると、視界の端のほうで何かがちらちらと動くのに気づく。

なんだろうと見ると、部屋の中央の天井から何かが下がっているように見える。

行灯ライトを寄せてみると、それは二十センチほどの長さの赤い毛糸のようなもので、先端に赤い玉がついており、僅かに揺れている。

視界の端でちらちらと動いていたのは、これのようだ。

——あんなもの、あったっけ？

椅子を立つと、下がっているものの傍に寄って、それを触ってみた。

毛糸で拵えたような柔らかい手触りで、ピンポン玉より少し小さいくらいの赤い玉だ。

部屋の飾りにしては、旅館の雰囲気とも違うし、なにより中途半端だ。

どうやって天井から繋がっているのかと軽く引っ張ってみると、
どさ。

足元に何かが落ちた。

慌てて確認するが、畳の上には何も見当たらない。

どさ、どさどさ、どさ。

どすん。

なんにも視えないが、なにかが大量に落ち、最後はかなり重たいものが落下したようで、畳から足に振動が伝わってきた。

引っ張った紐も、赤い玉も、気がつくと手の中から消えている。

それからというもの、誰かに見られているような厭な視線を感じ、落ち着かない。時間が経つごとに視られているという感覚は強まっていく。

怖くなった直子さんは、部屋中の照明をすべて点けて、朝まで起きていたという。

「何か、ものすごく駄目なものを引き下ろしてしまったような気がするんです」

特に最後の「どすん」は、人がひとり落ちてきたような音と振動であったという。

念のため、その旅館で人が死んだような記事があるかネットで調べたそうだが、そういう話はひとつもみつからなかったそうだ。

運動部の秘め事

夏目さんが高校の教職員であった、二十年以上前の話である。

当時、運動部の部室は喫煙や暴力行為をはじめとする、あらゆる校則違反の温床となっていた。

顧問の教師が一切、部室に顔を出さないので、それをいいことに好き放題していたのである。

風紀が爛《ただ》れているのは教師たちもわかっていたが、わざわざ、ほじくり返して、停学だ、退学だ、体罰だとやると、保護者が口を出して面倒なことになるケースが多いので、極力、見て見ぬふりで放置しているという状況であった。

夏目さんはこういった教師たちの怠慢《たいまん》を許せなかった。

「風紀の厳しい学校で風紀委員の委員長をつとめていたことがあるんで、そのせいかもしれませんね」

校内の風紀には常に厳しい目を向けていたが、運動部の顧問を務めていた夏目さんは、部室の状況を当然、見て見ぬふりで放置することなどできず、自分が顧問を務める男子バレーボール部の部室は月に一度、抜き打ちでチェックをしていた。いきなり鞄を開けさせて、中身を確かめることもあるし、練習中に無人の部室に入り、違和感がないかを確認することもあった。

「まあ、においで、だいたいわかりますよ。煙草のにおいは誤魔化《ごまか》しきれません。不自然な香水や消臭剤のにおいも怪しみます。よく嗅げば、隠しきれていませんからね。においって、当の本人は気づかないんで、意外と残されているものなんですよ」

この時は怪しいにおいはなかったので、ほっと胸を撫で下ろしたのも束の間、再び、鼻を歃《そばだ》てる。

いや、におう。ほんの少しだけ、なにかが、におう。

「え？」

すぐ傍《そば》で、何かの声が聞こえた。

まさか、部室で猫でも飼ってるわけじゃないよな、と視線を巡らせると、ロッカーの下に置いてあるスポーツバッグが、もごもごと動いている。

おいおい……冗談よせよ。あいつら……部室でなにしてんだ。

恐る恐るバッグに手を伸ばすと、そのバッグが、むくむくと膨《ふく》らみはじめたので、夏目さんは慌てて手を引っ込めた。

なんだこれは、と心臓をバクバク打たせていると、今度は厭なにおいが鼻を衝く。

これは——精液のにおいだ。

再び、声が聞こえ、夏目さんは慌てて部室を飛び出した。

その勢いのまま、部員が練習中の体育館へ向かったという。

「聞こえたのは、赤ん坊の泣き声だったんです」

全員部室へ連れていき、目の前でバッグの中身を開けさせたが、鳴き声を発するようなものはみつからなかった。

「生徒なんて見てないところでなにをしてるか、ほんとわかったもんじゃないですよ」

それ以来、風紀に煩《うるさ》くはいわなくなったが、思い出したように、「避妊だけはしっかりしろ」とだけ忠告していたそうだ。

影響

　S県K市にはAという廃病院がある。

　なぜ「廃」が付くようになってしまったのか、いくつか噂で囁かれているというが、たとえば、投薬ミスで患者を死なせたとか、院長だか看護師が不正受給をしたとか、どれが本当でどれがガセなのかはわからないし、たいして面白い話も聞かないという。

「廃墟のわりに、そういう霊とかの話はあまり聞かないですね。それよりもホームレスがいっぱい住み込んでいるとか、捕まると殺されて喰われるとか、いかにも子供が考えそうな、馬鹿馬鹿しい噂しか聞いたことがなかったんです」

　ある日、バイト先の先輩が帰り際、これから友達とA病院へ肝試しに行くんだけれど、茂木君も一緒に来るかと誘ってくれた。

メンバーは茂木君と先輩、他は女性二人と男性三人。ファミレスで食事をしてから向かったので、時刻は零時を回っていたはずだという。

Aは巨大な墓石をおもわせる陰気な佇まいで、外壁には崩れているところが正面から見ただけでも数箇所確認でき（先輩の話では3・11の地震の影響だという）、そういった意味で危険な雰囲気があった。

やけに女性たちのテンションが高く、建物に入る前からキャアキャアと猿のように騒ぐので、まったく怖いムードではない。しいて怖いというなら、彼女たちの声で建物が崩れないか不安だというぐらいだ。

中はそれほど荒れ果ててはおらず、入り口付近の何カ所かに悪趣味なスプレーアートがあるくらいだ。奥のほうは驚くほど以前のままの状態で残されている。

「カルテもきれいな状態で残されていました。こういう個人情報の書類って裁断もされず、処分されないまま放置されてるんだなって驚きましたね。そのへんの管理って、どうなってるんでしょう」

誰がどんな病に苦しみ、死んでいったのかという記録。

そんなものを拾って見ていたら、女性の一人が喚《わめ》き出した。

カルテの中に、自分と同じ名前を見つけたのだという。

どれどれ、と先輩たちはそのカルテを探そうとするが、「やめて、探さないで」と首を振り、先ほどまでの高いテンションから一変して、暗い顔になっていた。

と、今度はスチール棚の中をあさっていた男性が、「俺のカルテがある！」といいだしたので、みんなで彼の持っているカルテを、顔を寄せ合って覗き込んだ。

カルテに記載された患者名は高齢の女性のものであった。

「不謹慎だぞ」と先輩が笑いながらいうが、冗談をいっている様子ではなかった。本人は慌てて、そのカルテをスチール棚に戻し、そわそわしだした。

先ほど同じことをいいだした女性も、女友達に宥《なだ》められながら、ずっと顔色が悪い。

「お前ら、大丈夫か？」

先輩が心配して訊ねると、男性のほうは大丈夫と答えるが、大丈夫な表情ではない。女性のほうは特にひどく、さっきまでのテンションは完全に消え失せ、疲れた、座りたい、を繰り返している。これでは盛り上がるわけもなく、今夜はお開きにしようとなった。


それから何週間か経った、ある日。

バイト先で先輩が「ナツノって女、覚えてるか?」と訊いてきた。

急にテンションが下がってしまった、あの女性の名前だ。

「あいつ、まいったよ。今、やばいみたいでさ。顔にでっかい黒い痣《あざ》ができてるって。聞いたら、ちょっとシャレにならないらしいんだよ」

原因は不明。ナツノさんは病院へいったことが原因であるとおもい込んでいるらしく、A探検の言い出しっぺである先輩のことをひどく恨んでおり、陰でいろいろ悪くいっているらしい。

先輩の自宅に無言電話が何度もあったらしく、母親が電話に出た時は吠えるような声を聞かされ、電話を切られたという。確かに「やばい」ことになっている。

もう一人、カルテに自分の名があるといっていた男性は行方不明になっていた。

家の人の話によると、友達とTという山にいってくるといったまま、三日も戻っていなかった。同行したという友達にも先輩は心当たりがなく、とても心配していたそうだが、そんな話をしていた翌日、つまり彼は四日目に、何食わぬ顔でひょっこり一人で帰ってきた。なぜか、つるつるの丸坊主になっていたという。

剃髪《ていはつ》の理由は語りたがらず、同行した友達が誰かもいわず。

それから酒も煙草もパッタリとやめ、遊びに誘ってもつきあいが悪くなったそうで、まさか、坊さんにでもなるつもりなのではないかと、こちらはこちらで心配そうだった。

正直、それらが廃病院の影響だとは断定できない微妙な話ではあるのだが、遊び半分で、人の命を扱っていた場所を踏み荒らすのはよくないという教訓になるので、今回は収録するにいたった。

虚ろな貌

間中《まなか》さんが十年前に住んでいた賃貸マンションには、シャッター付きの窓が設置されていた。入居者に若い女性が多かったため、防犯のために取り付けられたもので、もちろん鍵付きである

部屋は三階だったが、世の中にはベランダに這い上って高層階に侵入する賊もいる。セキュリティ意識の高い、なかなか良い部屋ではないかと決めた物件であったが、そのシャッターは一度も使わないまま、就職をきっかけに会社へ近い場所へと引っ越すことになった。

その日、荷物を段ボール箱に詰め、すっかり寂しくなった部屋で最後の夜を過ごした。

ふと窓に目がいき、せっかくなので、一度も使わなかったシャッターを下ろしてみた。

何かが引っ掛かるような感じがあって、「あ、壊したらマズいな」と一瞬、躊躇《ちゅうちょ》したが、少し力を入れるとシャッターは滑るように下りてきた。

ひらひらと、足元に何かが落ちる。

筒状に曲がった、写真だった。

なんらかの理由でシャッターに巻き込まれていたようだ。

恋人の写真だろうか。秘密の地図でも見つけたような好奇心で写真を広げたら、うわっと声をあげ、反射的に放り投げてしまった。

きちんとした身形《みなり》の男の子が長い手提げの紙袋をもって、神社の境内らしき場所に立って写っている。七五三に撮られた写真だろう。紙袋は千歳飴《ちとせあめ》だ。

ずいぶん古い写真のようで、表面は黄ばみ、焼けてオレンジ色に変色し、溶けたように歪んでいるところが数箇所ある。

問題は男の子の顔で、その部分だけなぜか、菱形《ひしがた》に切り抜かれている。

おもってもみなかった異様な発見物に、間中さんは鳥肌がおさまらない。前の入居者の持ち物だろうか。でも若い女性だったというし、写っているのは男の子である。彼女もシャッターを使っていない可能性を考えれば、もっと前の入居者の持ち物かもしれないが、窓の外側に取り付けられたシャッターに写真が巻き込まれているという状況も異常である。

気味が悪いので写真はすぐに捨てた。

翌日、二年間、お世話になったマンションを後にした。

時々、写真の男の子が夢に現れるようになった。

自分が何歳の設定なのかはわからないが、男の子の後についていき、駄菓子屋でお菓子を奢《おご》ってもらう夢や、夕暮れ時の学校で二人が帰れなくなって迷っている夢、川沿いの道を歩きながら、そろそろ帰らなければと歩みを速めている夢などを見た。

写真のインパクトが強かったからだろう。

顔がわからないのに、夢の中では普通に会話を交わしているのもすごいが、目覚めると、あの写真の男の子だとわかるのがまた不思議であり、薄気味悪くもあった。

そんなある晩、ひどい悪夢を見て、汗だくで目が覚めた。

夢の内容はほとんど忘れてしまっていたが、あの男の子が出てきたことは間違いがない。

夢の中の厭な雰囲気が部屋に充満しているような気がしたので、眠くなるまで本でも読もうと段ボール箱に詰め込んだままで出していなかった漫画本を取り出した。

一度、読んだきりで、内容はほとんど記憶に残っていない本だ。ぺらぺらと捲《めく》ると、真ん中あたりで勝手にページが開いた。

そこには小指の先ほどの菱形の紙片が挟まっている。

菱形に切り取られた写真、その顔の部分だった。

「例の七五三の写真の一部ですね」

私が確認すると、間中さんは「いえ、あ、でも」と曖昧な返事をした。

本のあいだから出てきた写真の一部は男の子の顔ではなく、表情の薄い、しかし、化粧は濃い、六、七十歳くらいのお婆さんの顔であったという。

「他にお婆さんの写真もあったのかもしれませんけど――」

子供の身体に、お婆さんの顔が載った人物だったのかもしれない。

ありえないことだけれど、間中さんは、なぜかそうおもっているのだという。

明確な怪異は起きていないが、厭な話なので掲載するに至った。

気を引きたくて

「――ですから、《SSD：1T》って文字を見た時は本当に衝撃でした。あ、黒さんはその手の話は詳しくないんですよね。えっと、SSDっていうのはHDDよりもスペックの高い記憶装置のことです。当時、僕が知っていたSSDの最高容量が256GBだったんで、この時は、かなり驚いたんですよ」

何を仰っているのかわからず、私は「そろそろ本題に入れる？」と訊いた。

「ああ、すいません。嘘っぽい話になるかもしれないんですけど、いいですか？」

嘘じゃないんでしょ？　じゃあ、良いか悪いかは聞いてから決めるんで。そういってメモ用のスマホを出した私に、内井《うちい》君は一昨年の体験を語ってくれた。

（私には理解しがたい単語が飛び交っていたため、取材時はちんぷんかんぷんであったことを追記しておく。また、彼から改めてメールで送ってもらい、それを参照しても難しかったので、半分以下の分量に削った旨もお伝えしておく）

なんの前触れもなくパソコンがクラッシュしたので、買い替えることになった。

「親に半分だけ（金を）出してもらえることになったんです。学校で課題も出るんで、パソコンなしじゃ辛《つら》いって泣きついて」

半分出してもらえるならハイスペックのものにしたい。親のPCを借りて通販サイトを眺めていたら、アニメとコラボした「コラボPC」なるもののバナーが出ているのを見つけてしまい、「ほおほお」とクリックしてみた。

こんなにあるのかというくらい、そのサイトにはアニメ仕様のノートパソコンがずらりと並んでいた。その中には某年、長期で放送されたアニメとコラボしたPCがあった。

「思わず、『うお、懐かしい』って声を漏らしていました。よく、コラボできたなって」

というのも、少々、残酷で狂気的な描写のあるアニメで、もちろん深夜の放送である。人気がある一方、アニメの内容と酷似した事件が起こってしまったことで社会問題となり、なにかあるたびに槍玉にあげられていた可哀想な作品だ。

本体にプリントされたヒロインのキャラは頬に返り血を浴びており、その他の箇所にも血飛沫《ちしぶき》が飛んでいる、なんとも猟奇的なデザイン。

内井君の大好きだったアニメでもあった。彼は猟奇的な内容のゲームや漫画が三度の飯より大好きで、海外の処刑動画やリンチ動画、《検索してはいけない》系など、その手の動画や画像を拾ってはフォルダにしこたま溜め込んでいたほどである。

そんな趣味のある将来不安な彼だから《返り血ヒロイン血飛沫パソコン》には興味があったが、購入するつもりはなかった。びっくりするほど高額だったのである。半分出してもらったとしても、後の半分を出せるだけの予算が自分にはない。それにお金を出してもらう手前、こんな血飛沫が絵柄のパソコンなどを購入できるわけがないし、同じコラボならもっと欲しい絵柄がある。ただ、値段に見合うだけの性能でもあり、それは魅力的だった。アニメコラボとかでなければ、もう少し手ごろな値段で見つかるかもしれない。よし、本気で探すぞと意気込んでいると。

後ろからパソコンの起動音がした。

昨晩、クラッシュしたはずのノートパソコンだった。

テーブルの上に開いた状態のまま置いていたが、ディスプレイは起動時の画面になっている。

一時的にでも復活したのなら有り難い。データのバックアップを取りたかったのだ。

USBメモリを片手にパソコンの前で待機していると、画面いっぱいに血まみれの手が現れた。

この真っ赤な手を覚えている。アニメではなく、本物の殺人事件にまつわる画像だ。

当時、未成年だった犯人が友人を殺害した直後、血で汚れた手を自ら撮影し、複数の画像を匿名掲示板にアップしていたと話題になった。

勝手に開かれたのは、その画像ファイルであった。

内井君は問題の画像を、削除される前に拾っておこうとダウンロードし、一時的に保存していた。だがすぐ、親に見つかってはまずいとおもいなおし、《ごみ箱》に放り込んで削除したのだ。

それがどうして今頃、このタイミングで復活したのか。

「廃棄されまいと、必死で僕の趣味に合わせようとしたのかもしれませんね」

結果でいえば、ノートパソコンは謎のクラッシュから復帰し、バックアップも取れたので万々歳なのだが、問題の画像がどうしてもデスクトップ上から削除されない不具合が発生してしまった。

「復活したことは親には黙って、新しいパソコンを買ったんですけど、いろいろ理由をつけてそのパソコンも捨ててはいないんで、まだ中に画像が残っているはずです。いりますか？」


後日、内井君は当該画像を送ってくれた。

一度、画像ファイルを開いて、私は厭になった。

見てはいけないものを見てしまったような気持ちだ。

本当に殺人事件の犯人が撮影した画像なのか、その真偽を確かめようとも思わない。

画像はすぐに処分した。今のところ、復活はしていない。

形状記憶

どういう意味だとおもいます？

そう訊かれて、なにも答えられなかった話である。

木下《きのした》君の祖父は二年前に亡くなった。

優しかったという思い出しかないので、亡くなったことは本当に寂しく、通夜のある日も親族が慌ただしくしている中、居間に置かれた棺《ひつぎ》の前にずっと座って、一緒に釣りに行った時の写真を見ていたという。

日が落ちて来たら蝋燭《ろうそく》に火を点けて線香を焚《た》いてくれと頼まれていたので、そろそろかなと祖父のほうを向くと、棺の上に白い煙が浮いて残っている。

まっすぐに立っているわけではなく、半ばから蚯蚓《みみず》がのたくっているように蛇行《だこう》した形状で、煙にしては、とても流れ方が変わっている。

また不思議なことに、同じところに留まったまま、薄まることも消えることもない。

蝋燭には火がついていないし、芯も黒くなっていないので未使用の物だ。

どこかの隙間から外の光が差し込み、それが視えているのだろうかと手で掻くと、その煙のようなものは散るように消えてしまったのだという。

「あんたが忘れるとおもって、焚いといてくれたんじゃない」

見たことを両親や親族に伝えると、別に驚く様子もなく、そんなふうに笑われ、この時はそれで終わった。

祖父との思い出のアルバムも見終わり、家の中をぷらぷらと歩いた。

祖母はもっと以前に先立っているので、しばらくは祖父が一人で住んでいた家である。その祖父も逝き、主《あるじ》を失ってしまった家も死んでしまったように薄暗い。早くも親族は、この後、家をどうするかという話をしている。そんな声を耳にしながら、もうこの家に来ることもないのだろうなとおもうと、帰る場所がなくなったような虚無感を覚え、なんとも寂しい気持ちが大きくなった。

そんな彼の心情を察してか、写真を撮っておいたらどうだと父親がデジカメを貸してくれた。そのカメラを持って、二度と訪れないかもしれない家の外観を何枚か写し、帰った。


二週間ほど経ったころ。

友人に送ろうと携帯電話で撮った画像に、赤い光のようなものが写り込んでいることに気がついた。

自宅で撮影したのだが、そんな色の光を発するものはなく、カーテンも閉じているので陽光でもない。汚れでも付着しているのかとレンズを拭いてから撮りなおすが、同じ色の同じ形をした光が、今度は違う位置に写り込む。

なんだろう。じぃっ見ていると、角度を変えた時に「あっ」と気づいた。

祖父の部屋で見た、変な煙だ。

あれと同じ形状をしているのだ。

それから気になって、デジカメのほうで撮った祖父の家の画像を見てみると、まったく同じ形をした、黄色い煙のようなものが写っていた。

あの日に視た煙と撮影した順番からいえば、白→黄→赤である。

穏やかな色の変化とはいえない。

祖父が何かを警告でもしているのか。

そんな心配をしているそうだ。

それで、冒頭の質問である。

昨年末近くに確認したところ、木下君からはとくに怪我や病気の報告は受けていない。

繋がった

昨年の中頃、初めてＬＩＮＥ《ライン》というものをやってみた。

この手のものに疎い私は使いこなせる自信がなかったが、ツールとしては以前から興味があった。というのも、インターネットや携帯電話の怪談も珍しいものではなくなった昨今、次に来る怪談はなんだろうと考えることがあったのである。

そんな中、私は昨年、ニコニコ動画のゲーム実況の怪談を取材することができたのだが、自身に起こった怪異を実況するという、これまで聴いたことのない体験談であった。

新しいコミュニケーションツールが、まったく新しい怪談を生みだす可能性を見出すことができたのである。

となれば、ＬＩＮＥの怪談も生まれているかもしれない。いや、間違いなくあるだろう。

不景気といわれているこの時代に「無料」は大変喜ばしく有り難いことだが、だからこそ、そこへ無為に時間を費やしやすい。時も場所も選ばず、他所と繋がってしまうツール。繋がらなくてもいいものと繋がってしまった、そんな体験者もいるはずなのだ。

※

専門学生である沼野《ぬまの》君は、地元の友人たちと心霊スポットへ頻繁にいっており、この本に収録されているような体験談をたくさん持っている。

小説家志望の彼は、その系統の学校に通っており、奇妙なものが撮れてしまった画像や体験談などをクラスメイトに披露しているという。

これはそんな彼と、同じ専門学校に通う、同じく小説家志望の掛田《かけた》君の二人が、Ｌ

ＩＮＥの無料通話中に体験した話である。

二人はよく小説のことで、夜遅くまでＬＩＮＥを使って通話している。

「自作の小説を見せ合って、忌憚のない意見を述べ合うんです」

この日の夜は沼野君の相談だった。彼は自身の執筆中の長編に悩んでいた。自分の書いたものが好きになれず、最後まで書き上げることができないという、物書きにとっては深刻な悩みにぶつかったのである。

切実な沼野君の悩みに答えるため、掛田君は先ほどから波のように繰り返し打ち寄せる眠気に耐えながら、アドバイスとなる言葉を考えていたのだが、掛田君自身も同じ立場、同じ悩みを抱える学生なので、この相談は迷子に道を訊ねるようなものだ。どれだけ時間を費やしたところで、二人の会話に「うーん」と唸り声が積み重なるだけであった。

時刻は午前四時。もう五時間もだらだらとこんな通話を続けていた。

「ごめん、ちょっと、ダッシュでトイレいってくるわ」

沼野君は急に腹が痛くなり、ＬＩＮＥを通話状態のままにしてトイレに立った。

待たせては悪いと五分ほどで戻ってくると、自分のｉＰｈｏｎｅ《アイフォン》から声が漏れている。

掛田君が何やら喚《わめ》いている。

「なに騒いでるんスカ」と出てみると、「戻ってるならさっさと出ろ！」とキレられた。

「悪い悪い、お腹痛くってさ。でも、すぐ出てきたし、今戻ったばかりだよ」

「うるせぇ！　もう切るからな！」とまたキレられる。

待たせたことは申し訳ないが、ここまでキレられることだろうか。とにかく落ち着いてくれと掛田君を宥《なだ》め、どうしてそんなに怒るのかと訊ねた。

「相談したいっていうから付き合ってるのに、ほったらかしにしやがって……」

こういうことだった。

沼野君が「ダッシュでトイレに行く」というのを小用だと勘違いした掛田君は、彼が一、二分で戻ってくるだろうとｉＰｈｏｎｅを耳に当てたまま待っていた。

ところが、なかなか戻ってこない。あれ、大きい方なのかな。すると、

かりかりかり、かりかりかりかり

マウスのホイールを回している音がする。

そのホイールの音に交じって、小さな舌打ちまで聞こえてきた。

——なにしてんだ、あいつ。戻ってるならさっさと出ろよ。

——あ、もしかして俺の伝えた感想にショック受けて、原稿、読み直してるとか。

「おーい、沼《ぬま》ぁー」

呼びかけてみたが、聞こえていないのか、無視されているのか、反応はなし。

——かなり辛辣《しんらつ》な感想伝えたからな……でも舌打ちはないだろ。しっかり聞こえてんぞ。正直に言ってくれっていったのは沼野なのに。あれ、もしかして、これ嫌がらせか？

ホイールの音と舌打ちは止まず、通話に戻ってくる気配もない。眠気で苛立ちもどんどん増していく。

そのまま十分、二十分と放っておかれ、時計を見るともう午前五時を回っている。

さすがに切ってしまおうとおもった。いや、切るのは簡単だ。一言いってやらないと気が済まない。眠いところを相談に乗ってやっていたのに、この仕打ちはない。

「おーいっ、無視してんのか？　ふざけんなっ、俺を忘れてねぇか？」

と、電話口で怒鳴《どな》っていたのは、そういう理由があったのだ。

「だから、マジでトイレに行ってたんだって。それ俺じゃねぇよ」

「じゃあ誰だよ」

「知らないよ。だっておかしいじゃん、五分くらいだよ？　通話、離れてたの」

掛田君は「えっ」と部屋の時計を見た。

午前四時八分。

あんなに、何十分も待たされて苛々していたのに、十分も経ってない？

寝ぼけていたのか。いや、違う、だって――

掛田君は声を震わせながら、恐る恐る訊ねた。

「じゃあさ、おまえ今、一人なの？」

「え？　うん」

「今、聞こえてるの、それ、おまえじゃないの？」

「なんの話だよ？」と訊き返す沼野君の声の後ろで、かりかりというホイール音と、小さな舌打ちが聞こえていた。

「別に怖いとは感じなかったんですよね。それより、何様か知らないけど、俺の原稿を読んで舌打ちされたことに腹が立ったっていうか、ムカつきましたよ」

とても貴重な体験をした二人には、ぜひとも素敵な怪談作家になっていただきたい。

腕ウォッチ

小学生の頃のあだ名は重要である。

生涯、ずっとその名で呼ばれる可能性が高いからである。

私の学校にも苗字の後に「菌」と付けられていた者や、ストレートに「うんこ」と呼ばれている女子がいたが、思い出したくない黒い記憶《おもいで》となっているに違いない。

※

五年生の時、クラスに「腕ウォッチ」と呼ばれている男子がいた。

今は子供たちに人気のウォッチがあるが、このウォッチは恥の証である。

本名は河知大作《かわちだいさく》、もともとは「カワッチ」と呼ばれていた。

彼は手癖が悪いと噂があり、蕎麦屋のレジから一万円を盗ったとか、彼を家に招くとゲームや金が消えるとかいわれ、一部の児童から嫌われていた。

その噂の真偽であるが、本人がやったといわなければ、それは疑惑のみである。彼は疑われるたびに身の潔白を訴えていたが、結果からいえば、黒《クロ》だった。

いつまでも言い逃れられるはずもなく、そんな彼にも年貢の納め時がやってくる。

河知は友達の家で、友達の父親の腕時計を盗んだ。

腕時計自体はデジタルの千円もしない代物だったが、当時の彼は大人が身に着けているものは高価だと思いこんでいた。

家から腕時計が消えていることに気づいた父親が息子を問い詰めたところ、河知が盗んだかもしれないと聞かされた。翌日、父親は学校にやってくると、授業中の教室に入って来て、彼を大声で呼び出した。

人の家で盗みを働く子供の親の顔を見たかったようだ。河知の母親も学校に呼び出され、息子だけでなく、母親や、この場にいない父親の人格まで完全否定された。

担任の先生があいだに入り、なんとか穏便に済ませてもらったが、目の前で「うちの子とは一生、口をきくな」と釘を刺された。

その日は早退し、母親と帰った。母親は息子を叱りつけてもいいのに、なぜか、「ごめんね、大作、ごめんね」と謝っていた。

母親には、もう未来が見えていたのかもしれない。

彼の苦難の人生は、ここからが始まりだったのだ。


すぐに噂は広まり、彼は「カワッチ」から「腕時計」と呼ばれるようになる。

そのうち「腕ウォッチ」と呼ばれ、あだ名の由来を知らない子が疑問を口にするたびに、誰かが河知の罪を語って聞かせた。

名前も知らないような子に、すれ違いざまに「おい、泥棒」といわれる。

上履きに「ドロボウ」とマジックで書かれ、それに気づいた担任がみんなを怒ったが、誰かの「ドロボウがいちばんわるいとおもいます」という発言には口籠《くちごも》っていた。

当然、河知に友達と呼べる存在はできず、彼は学校に来なくなった。

中学生になると、彼は学校に通うようになったが、生徒の顔ぶれは小学校と変わらない。

あだ名は変わらず、「腕ウォッチ」で、上級生が彼の存在を知ってしまい、いじめの対象となってしまう。

手の甲に画鋲《がびょう》を刺された。シャーペンの先で額に「肉」と刻まれた。上級生の妹のブルマをはかされて、放課後の校庭を走らされた。「泥棒が得意なんだろ」とスーパーや書店で万引きまで命ぜられた。

中学二年の夏休み。河知は苦痛から逃れるために自殺をはかる。

教室の三階の窓から飛び降りたのである。彼をいじめている上級生の教室だった。

それでも死ぬことはできず、軽い捻挫《ねんざ》で済んでしまい、夏休み明けに緊急の学年集会が開かれるほどの問題となった。

結局、河知は中学校にも通わなくなってしまい、高校にもいかなくなり、家で引き籠るようになった。

そんな息子の将来を悲観し、その責任を一人で背負ってしまったのか、母親は自宅で首を吊ってしまう。

それから河知は、毎晩のようにカッターの刃を手首に当てた。

父親はろくに家に帰ってこない。もう、息子だとも思っていないかもしれない。今後の彼の人生に自分は不要どころか邪魔になる。それなら、今すぐに母親を追いかけて、向こうでちゃんと謝って、二人で家族をやり直したい。

その晩、暗い部屋の中、覚悟が決まってカッターを握りしめる。

死のう。今日こそ死のう。今日こそ死のう。

しんだらいたいよ

母親の声だった。

絞り出すような、心底苦しそうな声は、河知の口を借りて放たれた。

しんだらいたい。死んだら——痛い。

首を吊った時、そんなに苦しかったのか。それとも、死後に苦痛が待ち受けているということか。

こんな息子を、母親は死んでからも見捨てずにいてくれたのだ。

ぼろぼろと涙がこぼれた。

その日から、手首にカッターの刃を当てるのは止めた。

※

紀佳《のりか》さんは心がひどく病んでいた時、この話を聴かされ、死ぬのを止めた。

十年以上、不安や孤独に苦しんで、死んだ方が楽だと考えるようになり、何度も死のうとしたが、すべて未遂に終わっていた。

死ぬのは楽になるわけではない。

苦痛の時に死ねば、きっと、死後も永遠に同じ苦痛に縛られ続ける。

解放されたいのなら、とにかく生き続けるしかない。

どんなに落ちぶれて、絶望しても、そんな自分に生きてほしいと願う存在は必ずいる。

そう教えてくれたのが、現在交際中の彼氏であるという。

彼の名は、河知大作。

列柱

「今はつまらない時代ですよ」

小角《こかど》氏は百発百中のナンパ師だった。

若い頃は女性の稼ぎのみで暮らしていた、いわゆるヒモでもあったそうだ。なるほど、確かにトークもうまく、着ているものもおしゃれで、今もダンディーである。

「もうナンパしてるとこなんて、あまり見ないでしょ。ネットが世の中、変えちゃったよね」

昔はもっと女性が開放的で奔放であったが、今は声をかけるだけで警戒されてしまうらしい。物騒な事件も多いから、それは仕方がないことだろう。

「全盛期にはね、五分くらい、ちょろっと話して、お持ち帰りできたんですよ。《五　分《ファイブ・ミニッツ》フィッシング》。誰でもいいってわけじゃないですよ。そんな最低なナンパはしません。ちゃんと女の子を見てますから」

小角氏は、とくに女性の手を見るのだそうだ。

指がきれいで、爪の手入れができている子は、とても魅力的に映るのだという。

さて、そこでやっと本題である。

横浜の某デパートSの屋上は、ナンパの激戦区であった。

とくに何があるわけでもなく、ただの開《ひら》けた屋上なのだが、何がきっかけでそうなったか、ナンパ目的の男女がたむろっている場所なのだという。

そこで例の《五分フィッシング》で引っ掛けた女子を車に乗せ、小角氏は自宅のあるマンションへと向かった。

もうすでに二人ともそういう雰囲気で、これなら玄関に入ったらすぐにベッド直行だな、とドアを開けると、暗い玄関に白い柱が何本も立っている。

――なんだろう、これ。

確かめようと玄関に入ろうとすると、女の子が悲鳴を上げ、小角氏を突き飛ばし、走って逃げてしまった。

混乱しつつも慌てて追いかけ、エレベーター前で捕まえて「急にどうしたの」と訊くと、小角氏の部屋の玄関に、脚が生えていたという。

あの白い柱のことだとわかった。

なんとか女の子を宥め、そんなオブジェは置いた覚えはないし、人の脚なんて生えているわけがないから一緒に確かめに行こうと何とか連れ込もうとしたのだが、もう、彼女はそれどころではない。小角氏もすっかり冷めてしまい、タクシー代を渡して帰したという。


寂しく一人、部屋に戻ると、白い柱はまだあった。

確かに、それは脚だった。

リビングに続く廊下に、白くて細い、きれいな脚が何本も生えている。

怖いというより、ひじょうに艶《なま》めかしい足だ。小角氏はしばらく、玄関に立ったまま、脚の列柱に見惚《みと》れていた。別に悪さをするでもなく、脚はそうしているだけでまったく動かず、立体映像のようにスカスカで触ることもできない。照明をつけると見えなくなり、消すとまだ、そこにある。

怖くはないといっても、部屋の中へ入るのはさすがに危ない気がして、何かあってもすぐに逃げられるよう、ドアを開けたままで玄関の外から見ていると、次第に薄れて見えなくなってしまった。

それって小角氏に遊ばれた女の子たちなんじゃないですか、と冗談めかすと、それはない、と真顔できっぱり否定された。

どんな女の子も大切にするし、ヒモだといっても、悪い印象を残したまま切ったことは、これまで一度もない。それに一度でも家に招いたことのある女性なら、絶対に忘れないという。

「あんなきれいな脚の子がいたなら、忘れないし、手放してはいませんよ。あー、ぜったい、あの脚なら美人でしたよ。もったいなかったなあ」

何が勿体ないのかわからないが、現れるべき人に現れたものなのだろうなと、私は不思議と感心してしまった。

夜遊び

知人の城嶋《きじま》は、聞けば聞くほど、どんな青春時代を送っているのかわからない。

小学生時代は毎日のように夜中まで友達と外で遊んでいたというし、酒も煙草も祖父から教わって嗜《たしな》むようになり、高校時代には禁酒禁煙に成功したと自慢する。

その祖父は背中に赤い鯉（らしき）の入れ墨《モンモン》があるから、近所の人にモンちゃんなどと呼ばれているとか、「それほんとか？」と疑いたくなるような過去が、ほじくればほじくるほど彼から出てくるのだ。

なら、怖い話の一つもあっていいはずである。

なにかないかと大雑把《おおざっぱ》に訊いてみると、一度だけ「お化け」のようなものを見たことがあるという。

中学生の頃、真夜中の公園で、友人数人とサッカーをしようとした。

はじめは「三号公園」と呼ばれる公園で遊ぼうとおもったが、前日に雨が降っていたわけでもないのに、地面がひどくぬかるんでいた。

他へ移動しようと「一号公園」へ行ったら、今度はおじさんがベンチで横になって寝ている。それだけならまだしも、その横に小さい女の子が立っている。

帰りたいのに父親が泥酔して公園で寝てしまい、困っているのかもしれない。

もし動けないようなら、可哀想だから家まで送ってやらないかと城嶋が提案する。

彼らは夜遊びをしているが別に不良ではない。そうだな、とみんな頷いてくれた。

「ねぇ、大丈夫?」

できるだけ笑顔を作り、頑張って優しそうな声をかけながら、女の子へ近づいていく。

しかし、頑張りの甲斐もなく、女の子は公園の外へと走って逃げてしまった。

こんな夜中に、こんな怖そうな兄さん方に声をかけられたら無理もないが、あんな小さい子に一人で夜の街を歩かせるわけにはいかない。

城嶋が追いかけようとすると、「おい」と仲間に呼び止められた。

「これ、どういうこと？」

ベンチで寝ているのは、明らかにホームレスである。

足元には鍋か何かの取っ手が飛び出した汚いリュックサックや、口を縛られた複数のレジ袋が置かれている。靴の先は破れ、黒ずんだ爪先が覗き、あたりには空《から》のワンカップや煙草の吸い殻が散乱している。なにより、臭いがすごかった。

「絶対、親子じゃねぇだろ」

「じゃ、あの子、なんだよ」

「知らねぇよ。もうほっとけって」

「そんなことより、これからどうする？　なにする？」

サッカーなんてしたら、ベンチで寝ているおじさんがうるさいと怒鳴《どな》って追いかけてきそうだし、ボールでも当たろうものなら、やはり怒鳴って追いかけてくるだろう。

城嶋たちは「二号公園」へと移動した。

ここは、このあたりの公園の中では、いちばん広くてサッカー向きなのだが、前の年に若者の集団による老人への暴行致死事件があったため、一時期、警察がよく巡回していた。

自分たちは完全に補導対象だ。それはどうしても避けたいが、近場の公園では、もうここくらいしか遊べる場所がない。

いざとなったら逃げればいい。この公園でやろうと決めた。

しかし、いざやってみると、夜の暗さでボールを追いかけづらい。敷地は広いくせに端の方に街灯が一本あるだけで、その一本もチカチカと明滅して消えかけているので、ほとんど役に立っていない。足元が見えないので蹴っても狙っている方へ飛ばず、公園を囲む茂みの中にボールが入るとなかなか見つからないうえに蚊に集中攻撃される。

サッカーはやめて、ブランコで靴飛ばしをすることにした。

地面に線を引き、何メートル飛ばせばジュースを奢《おご》るといったルールを決めていると、

「おい」

仲間の一人が声を潜める。

「あれって、さっきの子だよな」

その視線は街灯の明かりがぎりぎり届かない、暗がりにあるベンチに向けられている。

確かに女の子が座って、こちらを見ているように見える。

「なあ……あれ、大丈夫か」

それは、あれは生きている人間だよな、という確認の意味の「大丈夫か」だ。

確かに、この場においては不自然な存在だ。

家出少女にしては幼すぎるし、ホームレスの寝顔を見て何をしていたのかも気になる。

それに自分たちから逃げたのに、ああやってこちらを見ているのも妙だ。

口には出さなかったが、皆、少女のことを気味が悪く感じているようだった。

間違っても、あの女の子のいる方へ靴を飛ばさないようにしよう。そんな暗黙のルールができる。

やり始めると、遊びに夢中になり、女の子のこともすっかり忘れていた。

どのくらい遊んだか、城嶋が思い出したようにベンチのほうを見ると、もう女の子はいなくなっていた。

なんだったんだろうな、と話している仲間の後ろの茂みが、がさがさと鳴り、その奥の暗がりから、さっきまで向かいのベンチに座っていたはずの女の子が、葉っぱを掻き分け、いそいそとこちらへ向かってくる。

うわあっ、と誰かが声をあげると、その声に弾かれるように城嶋たちは這這《ほうほう》の体《てい》で公園から逃げ出した。

しばらく、夜の公園で遊ぶことはなくなったという。

「夜中にあんだけ遊び回ってたのに、そういう体験したの、その一度きりだけなんだから、幽霊って案外、数が少ない希少種なのかもしれないよな」

そんなよくわからない持論で、彼はこの話を締めくくった。

父の影を追う

この話は一昨年に頂いていたのだが、内容的に書いていいものか悩んだ末、お蔵入りにしていた。特定の人物の名誉を著しく傷つける可能性があるからだ。

しかし、昨年末に改めて詳細をメールで頂き、数カ所の固有名詞を●で伏せるか、その箇所を完全削除する方向で書いてはどうかとお許しを頂いたので、このたび、本書への収録を決めた次第である。

※

藤城《ふじしろ》さんは、物心がつく前から父親がいない。

それには、次のような理由があげられる。

・他所に女を作って出ていった。
・刑務所に入っている。
・末期のガンで亡くなった。
・轢き逃げされた。

「祖父母とか両親の友人に父のことを訊ねると、みんないうことがバラバラなんです」

もっとも事情を知っていなくてはならないはずの母親でさえ、「さあ」と知らぬ顔をする。「さあ」という対応からも、知らないのではなく、語りたくないのだということは充分に伝わってくる。

藤城さんの苗字は母親の旧姓なので、もう婚姻関係でないことはわかるのだが、どうして息子に真実を語ってくれないのか、理解できない。もう自分は子供ではなく、分別もつく年齢である。どんな事実を聴かされても、ショックは受けたとしても、その事実を受け入れる覚悟はできている。

周りがいうようなガンや事故死なら別に隠す意味も必要もないし、女を作って出ていったという理由も隠し通すような理由ではない。罪を犯して服役中というのが、いちばん隠す理由には近そうだが、少なくとも十年以上前の話で、しかも別れて今は他人なのだから、そろそろ話してくれてもいいはずだ。

こうなると、どれも真実ではないような気がしてならない。

皆、真実を知っているからこそ、自分に嘘をついているのだと考えると、人々から聞くどんな答えよりも残酷で愚かな理由が待ち受けているような気もする。

ひとつ、確信を持てるのは、母親に対し、父親がとんでもなく、ひどいことをしたのだ。

そういう印象は子供の頃からあり、だからよく、こんな夢を見ていた。

首から上と両腕のない父親が、枕元に立っている。

母親に許してもらいたい。謝りたい。

そんな想いを、なぜか藤城さんに向けて伝えてくる。

——それだけの夢だ。


藤城さんが成人式を迎えた日の夜だった。

何が切っ掛けでそういう話題なったか、母親とこんな会話を交わした。

「お母さんさ、昔、なんか変な人形、俺に寄越したよね」

「えー？　よく覚えてるね。作ったかもね」

「あれって、手作りだった？」

「そうだとおもうよ、どんな人形だったか、おぼえてるの？」

記憶は薄《うっす》らとしている。ただ、人の姿ではなかったような覚えがある。手だか脚だかがいっぱいある、虫のような人形だった。

顔は人のようで、目も鼻も口もフェルト生地で作られていた。

子供に与えるには、少々気持ちの悪い人形だったと記憶している。

「あの人形、どうしたんだっけ？　名前、なんかあったよね。なんだったかな」

「名前なんて、その場で適当につけたから忘れちゃった。あんたが外のどこかに置いてきちゃったんじゃなかった？」

「あー、そうだったかも」

実は、そうではない。母親は嘘をついている。息子が忘れているのなら、忘れたままにさせておこうと誤魔化しているのだ。藤城さんには、それがわかっていた。

母親は知らないが、実は見ていたのだ、あの日に。


何歳だったかも忘れたくらい、小さい頃の記憶。

外で遊んでいたら、勝手に一人で転んで膝をすりむいてしまい、めそめそ泣きながら、まだ日が高い時間に家へと帰った。

怪我に絆創膏を貼ってもらいたかったのだが、リビングに母親がいない。

血の滲《にじ》む膝を引きずって家の中を探していると、母親は薄暗い台所のテーブルに座っている。

母親の手には、あの気持ちの悪い人形があった。

後ろにいる藤城さんに気づいていない。なにをしているのかと見ていたら、複数生えた人形の手だか足だかを、ぶちりぶちりと引きちぎり、ハサミで首を切っていた。

どんな仕掛けがあるのか、人形の千切れかけた首からは、赤い血のようなものがどぶどぶと溢れだし、テーブルの上にぽたぽたと音を立てて落ちた。

あっという間に母親の両手が真っ赤に染まり、傍にあるトイレットペーパーを大量に千切り取って手やテーブルを拭いていた。

この時の母親の顔はとても怖かった。まばたきを一度もしていなかった。

まるで、すぐそこにいるのが、母親ではないような気がした。

藤城さんはそっと、その場を離れたのだ。

今だからわかる。

あの母親の表情は憎悪だ。怒りだ。

自分の見たあれは、呪詛《じゅそ》の類なのではないのか。

あの人形のように、首も手もない姿で枕元に立ち、母親に許しを乞う父親。

あれははたして、夢だったのか。

「せめて、生きているのか、死んでいるのか、それだけでも知りたいんです」

いつか、覚悟が決まったら、興信所に父親のことを調べてもらおうと考えているそうだ。

被雷人

甲田《こうだ》氏が十七歳の頃である。

今でこそ某企業の重要なポストについている、とても話しやすい御方だが、昔は鬼のような剃り込みの似合う、絵に描いたような不良少年であったという。

高校を中退後、ろくに家へも帰らず、可愛がってもらっていた暴走族の先輩の家を転々としながら、毎晩、暴走行為や喧嘩に明け暮れていたそうだ。

仲間は各校の鼻つまみ者ばかりで、喧嘩が大好きな武闘派たちであり、彼らとともに、ここでは書けないような闇の武勇伝を築き上げてきた。

「自慢にしちゃいけませんけど、とにかく、悪いことはみんなやりましたよ」

その晩は十数名の仲間が集まって、学び舎であった中学校にバイクで乗り込み、何をするでもなく、ただたむろっていた。宿直の教師もいたが、お礼参りなんて古臭い言葉がまだ新鮮だった時代である。見て見ぬふりは当たり前だ。通報なんてしようものなら後日、授業中に殴り込みをかけられてもおかしくない。そんなヤンキー全盛期であったのだ。

「なんか雲行きが怪しくなってきたんです。こりゃ、一発来るなって。中学校なら雨宿りできますからね。そしたら、いいタイミングで来るわけですよ、ゴロゴロって」

雷雨だった。

大粒の雨と空を裂く稲光に不良少年たちは興奮し、甲高い声をあげた。

校舎の連絡通路に屋根があるので、その下で大迫力の天のスペクタクルを見ていた。自分に落ちる心配をしている仲間もいたが、校庭の隅には避雷針がある。甲田氏は度胸試しのように校庭へ駆けだし、雷を挑発したそうだ。

「おい、あれ見ろよ」

仲間に肘《ひじ》で突かれて校庭の中央を見ると、雨が降りしきり白く煙《けぶ》る中、人の姿がある。

白いコートのようなものを着た女性が、傘もささず、校庭に佇《たたず》んでいる。

「お、いい女なんじゃねぇの？」

「教師《キョーシ》か？」

「いや、俺がいたときは、あんな女いなかったけどな」

「男に捨てられたんだろ」

「いくべ、いくべ、ニコニコしてろよ、絶対に怖がらせんな」

甲田氏たちは雨の中ぞろぞろと、女性のいる校庭の中央へと向かっていった。

「もしもーし、おねえさーん、風邪ひくよ」

仲間の一人が声をかけた、その時だった。

校庭の中央に雷が落ちた。

これまで聴いたことのないような爆発音、焼けるような閃光、地面が揺れるほどの衝撃に、さすがの武闘派もその場で飛び上がり、転んで尻餅をついた。

「ヤべェ！」

這うようにして連絡通路の屋根の下まで駆け戻った。

「まともに女に落ちたぞ、救急車っ、救急車呼べよっ」

「待てよ、あの女、どこいった？」

女性の姿がなかった。さすがに跡形もなく飛び散ったとは思わなかったが、衝撃でどこかへ吹っ飛ばされてしまったのかもしれない。

甲田氏たちは土足で校舎に入ると、窓明かりがある宿直室へいって当番の教師を捕まえると、雷が人に落ちたから、すぐに救急車を呼べと伝えた。

呼んだはいいが、救急車が来るならパトカーも一緒に来るかもしれないと、甲田氏たちは大慌てでバイクとともに校外へ出て、離れたところから様子を窺っていた。

宿直の教師が懐中電灯片手に校庭で被害女性を探している姿が見えた。

やがて救急車が来たが、教師と五分か十分ほど言葉を交わし、帰ってしまった。

「なんだよ、あれ」

「見つからなかったんじゃねぇの」

「あの糞、ちゃんと探したのかよ」

どうも、不良少年たちの悪戯だとおもわれていたようだ。

甲田氏たちは学校に戻って、ネットの裏や池の中まで探したが、やはり、白いコートの女性は見つからなかったという。

「逆に良かったよ。あんな女抱いてたらベッドで黒焦げになってたよ。」

甲田氏はカッカと笑った。

パパ起きて

「断片的な記憶しかないんで、どう話していいかわからないんですけど」

と、語ってくれたのは、横浜のリカーショップで働くリカコさん。

彼女は不可解な記憶を持っている。不可解なまま、一度も頭の中で整理したことがないので、結局、当時に何が起こっていたのかを、いまだに知らないのだそうだ。

だから、ちゃんと話せるかはわからないけど、その記憶を整理するためにもなるからと、このたび、改めて思いだしながら、語ってくれたのである。

確かに断片的であり、記憶から完全に消えている空白《ブランク》の部分も多いので、そのままだと少々わかりづらいかもしれない。

基本、取材時に出るそういった記憶の空白《ブランク》は、うまく繋がるよう、執筆時にこちらで他の情報を入れるなどして補完したり、お茶を濁したりするのであるが、この話は特殊な体験談であるため、無理に辻褄を合わせたり、矛盾を修正したりといった、整合性を図るようなことは、ほとんどしない。

読みづらくなるかもしれないが、（　）で補足も入れてある。

これは「怪談」の記録ではなく、記憶の覚書《メモランダム》として残しておくものである。

※

リカコさんが小学五、六年生の頃（はっきりしないのは、どちらも担任とクラスが同じであるため、定かでないのだという）。

学校から帰宅すると、玄関前にある階段の上に父親が倒れていた。

もう少し状況を詳しく説明すると、階段を上りきってすぐの二階部分に、父親が足を投げ出した仰向けの状態で倒れており、階段の最上段には逆さまになった父親の顔が見えている、という状態である。

下から見上げると、階段の上に父親の首が落ちているように見え、はじめはギョッとしたのだそうだ。

「パパ、なにしてるの？」

声をかけても返事をしてくれなかった。

これは、死んだふりをしているのだとおもった。近づいたら、いきなり起き上がって自分を驚かせようという魂胆が見えたので、リカコさんは近寄らなかったのだという。

「パパ、起きて。早く起きて」

何度も、何度も頼んだ。

二階の自分の部屋へいきたかったのだ。ランドセルを置いて遊びにいきたいからだ。

すると一階の奥から、エプロン姿の母親がやってきた（自分が呼んだのかもしれない）。

「なにしてんの。早く手洗って、うがいしなさい」

「パパが変なことしてるよ」

「パパはいないよ。今日は遅くなるから」

「いるよ。二階にいるよ」

（この後の会話、母親の対応などは空白）

※　しばらく、空白。少なくとも二時間以上は空いているとおもわれる。

同日の夕方。

友達と遊んでいたリカコさんは、アニメが始まる時間までに帰宅した。

玄関で靴を脱いでいると、階段の上にはまだ父親がいて、さっきと同じ体勢で仰向けになっている。

「パパ、起きて」

部屋着に着替えたいから自分の部屋へ戻りたいのに、あそこであして寝ていられたら通れない。通ろうとすれば、どうせ脅かしてくるのだ。

ずいぶん日が落ちて、玄関はどんどん暗くなり、ますます父親が首だけしかないように見えて気味が悪かった。

困っていると、突然、家の電話が鳴って、母親が廊下に出てきた。

悲鳴のような声をあげて、電話の相手と何かを話している。

※空白。

母親が床に座り込んで泣いている。その背中をリカコさんは撫でていた。

二人は病院に来ていた。

目の前のベッドの上で寝ているのは父親だという。

白いシーツみたいなもので全身を隠されているので、顔も見られない。

「パパが死んじゃったよ、リカコ」

母親が泣きながら、そう教えてくれた。

変なことをいうママだとおもった。パパはまだ家で寝ていたんだから、こんな場所で死んでいるわけがないのに。きっとママはそのことを知らないから、死んだとおもっているんだ。

リカコさんはそう思ったので、母親にそのことをちゃんと教えてあげたのだ。

(ここで、なんらかの重要な会話があったはずであるが、空白)

許されたのか、勝手にやったのか、リカコさんはベッドにかかっているシーツを捲って、その下から中へ頭を突っ込んで覗き込んだ。

そこには、家にいるはずの父親が裸で横たわっていた。裸でも父親だとわかった。でもどうして裸で寝ているのかが不思議だった。

顔を見たいのに、どうしても見ることができない。見られない理由がわからない。

「顔を見たい」と母親にいうと、

「顔はとれちゃったの」と返される。

父親がまだ寝ているのに、母親とリカコさんは、ベッドのある部屋から出されて、冷たいベンチに座らされる。母親と知らないおじさんが難しそうな話をしていた。

ものすごく眠くなって、ベンチで眠ってしまったかもしれないという。

それから、父親は家に帰ってこなくなり、父親は死んだことになった。

そして、それが家では普通のことになってしまった。

リカコさんは日を追うごとに少しずつ、本当にもう父親が帰ってこないのだと知り、やっと死んでしまったのだということを理解した。

それからは毎晩のように、母親と抱き合って泣いていたのを覚えているという。

※

こう書くと怪談にはならなくなってしまうのだが、階段での不可解な記憶は、あまりに断片的で矛盾が生じるものなので、父親の死を受け入れきれなかったリカコさんが無意識に、記憶に後付けしたものなのかもしれない。

私からは、それぐらいしかいえない。

薄らぐ人

これは櫛本《くしもと》さんが娘さんから半年かけて聴き続けた話をまとめたものである。

現在、二十一歳の灯李《あかり》さんは、ダンススクールに通っている。

ヒップホップの方のダンスである。

将来、プロのダンサーになりたいという夢を持ち、昼はカラオケ店でバイト、夜はスクール、終わってからもそのまま帰るわけではなく、スクールから自転車で五分のところにある公園で遅くまで練習をしている。

立派な夢もあり、とても努力家なのであるが、いかんせん、自分に自信がもてない。

将来、プロダンサーになっている自分の姿が想像できず、この頑張りが無駄になるのではないかと恐れているようなのだという。

公園は他にもダンスや歌をやっている人たちがたくさんいる。うるさいくらいラジカセの音量をあげたり、煙草の吸殻やゴミをポイ捨てしたりと迷惑行為をする人もいたが、そういう人はごく僅かで、多くはきちんとマナーを守る常識人ばかりだという。長年通っていると、そういう人たちと知り合い、仲良くなれるので、夜の公園でも安心して、楽しく練習ができるのだそうだ。

そんなある日、一人の女性が灯李さんのダンスを見ていた。

三十代前半。スウェットを着て公園の中を走っている姿をときどき見かけていた。

「君の踊り、すごく好き」

そう褒めてくれたこと。それがきっかけになり、話すようになっていった。

彼女はチエさんといって、公園の近所に住んでいた。身体が弱いので、基礎体力を付けたくて走っているのだという。

そういわれると、確かに顔色はあまりよくないような気がする。唇が白かった。

なにかの病気なのかと訊くと、うん、病気だよ、と頷く。ただ、それ以上は詳しく話さなかったし、灯李さんも訊かなかった。重い病気なのだろうなとおもった。

他のダンサー仲間から、彼女の話を聴くことができた。

とてもフレンドリーな人で、ダンサーやシンガーたちに笑顔で声をかけ、褒めてくれる。頑張っている人が好きなのだという。身体の具合は、かなりよくないようで、時おり、しんどそうに座り込んでいる姿を見ることがあるという。

チエさんは週に二、三度、スウェット姿で公園に現れ、足を止めて灯李さんのダンスを十分ほど見ていく。そして必ず、ひとこと褒めてくれてから、ランニングに戻る。

とても良い人なのだけれど、会うたびに辛《つら》い気持ちになった。

灯李さんには気になって仕方がないことがあったのだ。

チエさんは会うたび、影が薄くなっているのである。

最初に気づいたのは、初めて会ってから一週間目のとき。

チエさんの影を見て、自分のものと比べると薄いなと感じた。

気にはなったが、この時は街灯の当たる角度かなとおもっていた。

それでも気になっていたからか、次に会った時は、もっと影が薄くなっていることに気がついてしまった。その次に会った時は、もっと明らかだった。

会うたびに影が薄くなっていくなんて、闘病中の彼女には絶対にいえないことだし、他のダンサー仲間にも話せなかった。不謹慎だとおもったからだ。

ただ、母親には相談していた。

櫛本さんは娘の話を信じ、こう伝えたという。

「悲しいけど、灯李の想像しているとおりだとおもう。だから、いつ会えなくなっても後悔のないよう、たくさん話して、いろいろ教わりなさい」

半年間、チエさんは灯李さんのダンスを見るため、ランニングの足を止めてくれた。

そんな彼女をたまに引き留め、灯李さんはいろいろなことを話し、誰にもしたことがないような相談事もした。親身になって聞いてくれたし、アドバイスもくれた。

チエさんと話した日は、そのことを母親に話した。

最後にチエさんが公園に姿を見せた時、彼女の影はまったく地面に映っていなかった。

チエさんのことは娘の話の中でしか知らないが、櫛本さんはとても感謝しているそうだ。

灯李さんは、自分に自信を持てるようになっていたのだ。

高笑い

夏季休暇の日曜日。尾曲《おまがり》君は地元の友達と車三台でS県へドライブにいった。総勢、六名。皆、男である。

退屈な者たちが集まったので目的があるわけでもない。

一人がワゴンにキャンプセットを積んでいるというので、どこかで材料を買い込んでバーベキューでもやるかとなった。

ソーセージや焼きそばを大量に買って、河川敷で焼きまくって馬鹿みたいに食べた。

日が暮れはじめ、空が暗くなってきたが、もう帰るのかとおもうと、なにか物足りない。つまらない。

誰かが、今日はこのまま、車中泊をしようと言い出し、満場一致で可決した。

皆、ワゴンに集まり、そこでだらだらくっちゃべり、眠くなった者から各々の車に戻ることにした。

零時を回るか回らないかという頃。欠伸《あくび》が止まらず、そろそろ寝るわと腰をあげると、尾曲君の携帯電話に着信が入った。今日は仕事で参加することができなかった友人の国吉《くによし》からだ。

「みんなで楽しそうに騒いで自慢してやろうぜ」

そんな意地悪なことを提案する者もいる。みんなに声が聞こえるようスピーカーにした。

「もっしもーし」と、いつもの国吉の軽《チャラ》い声を待っていたのだが、聞こえてきたのは、女の高笑いだった。

楽し気なものとは程遠い、聴く者を不快にさせるような嗤《わら》いだ。

車中のみんなは「?」の表情で顔を見合わせる。

通話はブツリと切れてしまった。

「誰だよ、今の女」

「国吉の女?」

「あいつ、女なんかいねぇだろ」

バイト先の女を使って、楽しくキャンプ中の自分たちに嫌がらせの電話を掛けたのだ。そういう結論に至った。

「やだねぇ、嫉妬だよ。あ、また国吉《あいつ》からだ」

再びハンズフリーで出ると、今度は「おまえ、なんなんだよ」と怒りまじりの国吉の声が聞こえてきた。

すぐに、これは本気《マジ》のトーンだとわかったが、なんなんだよはこっちの台詞《せりふ》である。

尾曲君もカッと頭に血が上ってしまった。

「あ? おまえこそなんなの?」

みんなが、まあまあと二人を宥《なだ》める。

「それよりさっきの女、誰だよ」

「バイトの子? 可愛いの? 今から連れて来いよ」

囃《はや》したてると、国吉はもっと怒ってしまった。

「お前らこそどこで拾った女だよ。気持ちワリィ声聴かせやがって。ぞっとしたじゃねぇか」

「あ？　女なんかいたらお前とこんな話なんかしてねぇよ。つーか誤魔化《ごまか》すなよ」

「さっき笑ってた子、横にいんの？　ちょっと出してよ」

「あ？　話が通じねぇな。こっちはずっと一人だよ」

どうも、話が食い違っている。

今度は国吉と友人が本気の喧嘩になりそうなので、みんなで止め、状況を整理した。

国吉はバイトが終わり、その帰りに尾曲君の電話にかけたら、馬鹿みたいに笑う女が出た。勝手に切られたので腹が立ち、掛けなおしたのだという。

一方こちらは、国吉からの電話に出たら女の笑い声が聞こえ、勝手に切られた。

どちらかの悪戯《いたずら》ではなく、どちらも、あの女の笑い声を聞かされていたといっている。

これが本当なら、国吉と尾曲君の通話のあいだに、見知らぬ女がいたということになる。

みんなで自分を担いでいるのだろうと国吉は疑っていたが、彼らが本気でいっているのがわかると怖くなってきたのか、不安げに声を細めた。

「お前ら、また自殺の名所とかいったんじゃねぇだろうな」

今日はいたって健全なドライブとバーベキューだった。

「俺たちのせいにすんなよ。そっちこそ――」

どうなんだよ。そう言いかけた時だった。

女の高笑いが聞こえ、ブツリと通話が切れた。

楽しかった気分はすっかり失せ、帰ることになった。

これで、終わりではなかった。

黒電話のすれ違い

「高笑い」の話の後日談である。

尾曲《おまがり》君の家には、懐かしいダイヤル式の黒電話がある。

昭和の頃からあるものらしいが、まだまだ現役、二階にある祖母の部屋に置かれ、重要なホットラインとなっている。

彼はこの電話が、あまりというか、かなり好きではない。

最近は祖母も階段を使うのを嫌がって、ほとんど一階の居間にいるので、祖母の部屋は彼が使っている。日当たりも良く、なんとも居心地がよいので、つい入り浸ってしまうのだ。

だからよく、黒電話の甲高いベル音に肝を冷やされる。この電話機が日本中で活躍していた頃、彼は生まれてもいないので、懐古的な気持ちにもならないのだそうだ。

「だってあの音、心臓に悪くないですか？　ホラー映画で、よくこの手の電話って出てくるじゃないですか。ゲームの『弟切草《おとぎりそう》』とか思い出すんですよね」

この黒電話を決定的に嫌いになる出来事があったのだという。

祖母の部屋で本を読んでいると、黒電話がけたたましいベル音を鳴らした。

一階の電話機と回線が繋がっているので、自宅に着信があると一階と二階の電話機が同時に鳴るのである。だから、早く誰か取ってくれよとおもいながら耳を塞いでいた。

コールは三回で止まった。下で誰かが取ったのだろうとホッとした。

下の階から風呂に入れと呼ばれたので、タオルと着替えを持って下り、母親にさっきの電話は誰からだったのかと訊いた。

「えっ、いつの電話？」

一階にいた母親も、祖母も、電話は鳴っていないという。

二階の黒電話と一階の電話は連動するはずなので、おかしいなとはおもったが、古い電話機なのだし、そういう誤作動もあるだろうと、この時はそれほど気にもならなかった。


入浴後、祖母の部屋に戻ると、まるで待っていましたというように黒電話が鳴った。

そしてまた、コール音は三回で止まる。

なんなんだ、いったい。もしかして……

一階へ下り、たった今、一階で電話は鳴ったかと訊ねると、みんな首を横に振る。

黒電話との付き合いが長い祖母に、これまでにそういうことはあったのかと訊ねたが、そんなことは一度もないといわれた。

それにしてもおかしいのは、母親たちは、なにも聞いていないということだ。

黒電話の音「さえ」も聞いていないという。

あんなに大きくて迷惑な音、一階にも充分届いていたはずだ。

「ねぇ、あんた、大丈夫なの？」

母親は心配そうに訊いてきた。ドラッグでもやっているのかと疑っているのだ。

そんな時、ちょうどいいタイミングで二階から兄が下りてきた。

兄の部屋は祖母の部屋のはす向かい。兄もあの電話の被害者だ。今だって絶対に聞こえていたはずだ。

「兄貴、ばあちゃんの部屋の電話、さっきから鳴ってたよな？」

「あ？　知らねぇよ。そんなことよりお前、さっきから、マジうっせぇ」

兄は機嫌が悪かった。その理由は、尾曲君がうるさいからだ。

さっきから祖母の部屋で、尾曲君の馬鹿笑いがうるさくて、ひじょうに鬱陶しかったといわれた。

笑った覚えはない。そんなことは知らないというと、もう一つ証言が加わる。尾曲君の大きな笑い声は、一階にいた家族にも届いていた。祖母にも、母親にも。携帯電話で友達と話しているのかと思っていたという。

昨日のバーベキューのことを思い出す。

きっと、あれだ。

続いていたのだ。あれが。

「今度また黒電話が鳴ったら、出てみようかと思うんです」

もしかしたら、自分の馬鹿笑いが聞こえるのではないか。

そんな不安はあるが、確かめねば気が済まないという。

虫爺

最近の私の取材の仕方は、怪談蒐集には甚《はなは》だ不向きである。

なぜなら、霊の話のみに絞った話を聴くことができないからだ。

非常に曖昧なニュアンスで広義に解釈できる訊き方をするものだから、そこで語られる話は、真っ向からの霊的な怪談もあれば、都市伝説や眉唾物の世間話、ストーカー被害、その他の事件・事故、個人に対する愚痴、報道されている有名な事件に対するご本人の見解といったものまで、非常にバラエティに富んでいる。

怪談書きがそれでは効率が悪いといわれそうだが、敢えて「怪談だけ」と括《くく》らぬ方が、思わぬ角度から新しい怪談と出合えるものなのである。

「幽霊じゃなくて、虫の話なんですけど、いいですか？」

「ええ、もちろんです、むしろ虫の話は大好物ですよ」

「よかった。怪談じゃなくて、虫に困ってるって話なんですよ」

堂島さんは御両親がなく、実家に父方の祖父と二人で暮らしていた。

その家は、大きな問題を抱えていたという。

「虫が多いなんてもんじゃないんです。苦手な人には地獄みたいな家なんですよ」

大好物とか強がりをいったが実は大の虫嫌いである私には、耐え難い状況の家であった。

ハエやゴキブリは当たり前。台所にハエ捕りリボンを下げていると、磁石に集まる砂鉄のようにコバエで真っ黒になり、その程度の粘着や殺虫力では捉えられないほど元気で大粒な銀蠅が体当たりしてリボンを揺らしている。

料理にゴマの類は使えない。そういう習性があるのか、食べ物の中に羽虫が飛び込んで翅《はね》を広げて死んでいることがあり、ゴマを入れると見分けがつかなくなる。だからゴマは買わないという。祖父は虫が一二匹入っても無駄にはならん、むしろ栄養になるとそのままいく。

粉物《こなもの》も極力買わない。どんな厳重に密封して保存をしても、気がついたら粉よりも微細な虫が発生しており、卵やら糞やらの混じった粉を使うハメになる。

台所では当然のようにゴキブリが、風呂場にはワラジムシやカマドウマが、便所には大蚊《ガガンボ》と名前の知らないクローバーの欠けたような翅を持つ虫が、ぞっとするほどの量で巣食っている。田舎の山奥で暮らしても、こんなに虫には好かれないだろうという。

寝室はとくに多かった。祖父が果物を買ってきて、食べずにその辺に転がしておくからだ。当然、そんなご馳走があれば、虫がごっそり集まってくる。

畳の上に乾《ひから》びた糸のようなものが落ちていることがあり、気になったので一枚畳を剥がしたら、白い糸状の、かいわれの根に似たよくわからないものが裏側にびっしりとくっついて蠢《うごめ》いていたそうだ。

虫の発生源は、おそらく祖父であるという。

祖父は風呂嫌いで、夏でも気が向いたときに月に一度入るかどうかという頻度なので、万年床のある寝室は尋常じゃない臭いで、とても客など招けない。

それにしても、いくら不潔にしたからといって、たった一人の人間の体臭なんぞで畳の裏に謎の生き物が繁殖するだろうか。

「実は祖父が拾ってきてしまうんです。虫を」

ペットとして虫を愛でるわけではない。拾ってくる目的は薬なのである。

「あの虫は水虫に効く」とか「あの虫は腫れ物に効能がある」とか、虫を薬とする民間療法の知識を祖父はやたらと持っていた。だから、虫の卵や蛹《さなぎ》を見つけると大喜びで持って帰ってくる。

いい収穫があると祖父は大変ご機嫌になり、掠《かす》れた厭な声で嗤《わら》う。

家を建てた土地も偶然なのか狙ってなのか、何年かに一度、蛾や蜘蛛などが大量発生するような場所であり、そんな日は祖父にとって盆と正月がいっぺんにきたようなものである。

十年前、そんな祖父が亡くなった。

正直、やっと清潔な環境の家に住めると堂島さんは安堵したそうだ。

それにはまず大掃除。祖父の垢をたっぷり吸った万年床の処分からだ。

しかし、これがまた、とんでもないことになっていた。

布団はなめし皮のように黒光りし、蓄積した垢《あか》で数倍に重たくなっていた。

掛け布団の四隅と畳のあいだの僅かな隙間に、親指ほどの黒い光沢を持つものが等間隔に並んでいた。

おそらく、蛾の蛹であるという。

祖父が山で探し、拾い集めてきたものに違いなかった。死んでいるようなものだとおもっていたら、急にうねうねと身を捩《ねじ》り出して驚いたことがあった。

その他にも、寝室には何かの虫の蛹らしきものが、少なくとも十五、六種類。羽化した後の蛹の殻もあった。生き物らしくない、奇妙な塊があちこちにあるのは気味が悪い。

これが全部、一斉に羽化したら、家の中はとんでもないことになる。

ぞっとした堂島さんは、壁や押し入れの中、カーテンなどついている蛹をすべて剥がし取り、処分した。

踏み抜ける寸前であった腐り畳もすべて張り替え、虫の温床になりそうな古いものはどんどん処分していった。

家から完全に虫を駆除したといえるまで、半年以上かかったという。


祖父の一周忌から三日後のことだった。

仏壇の中から、白装束の祖父が出てきた。

そんな夢を見て、まだ暗い明け方に目が覚めた。

なにか意味のある夢なのだろうかと、ふと仏壇のほうを見ると、一匹の蛾がひらひらと飛んでいる。

久しぶりに屋内で見る虫だ。

迷い蛾でも入ってきたのだろうか。

それとも、祖父が心配で見に来たのか。

と、今度は白い蛾が二匹、じゃれ合うように仏壇から飛んでいくのが見えた。

厭な予感がした。

仏壇の中を確認した堂島さんは、「なんで」と声を漏らし、膝から崩れ落ちた。

夜の自販機に群がるように蛾や蜉蝣《かげろう》のような虫が、仏壇が鳥肌を立てているように汚していた。

今朝、供えたばかりの花が黒く変色し、枯れて項垂《うなだ》れている。

さっきまで明るい黄色だった供え物のバナナも、黒くなって痩せていた。

花とバナナにはショウジョウバエが群がって、あの猥雑な羽音をさせている。

その羽音が祖父の掠れた嗤い声を思い出させ、ひどく鬱々《うつうつ》とした気にさせた。

赤い頬

村井さんは幼い頃に父親を亡くし、それから高校生になるまで、K県の山際にある母方の祖父の家で暮らしていた。

「今はぜんぜんなんですけど、昔はお祖父ちゃん、金持ちだったんです。あたりの家の中でいちばん大きかったようで、近所の人からもお大臣の家と呼ばれていたそうです」

村井さんは二階の部屋をもらったが、これが持てあますほどの大部屋であった。もともと二部屋あったのだが、仕切りの襖《ふすま》をとっぱらって一部屋にしたもので、道楽者の祖父が近所の飲んだくれを集め、この部屋で酒と花札に興じていたこともある。その名残で壁は煙草の脂《ヤニ》で橙色《だいだいいろ》に変色していたという。

「電気を二つ点けないと部屋全体が明るくならないほど広かったんです。そんなにあっても使い道もなくて、僕の定位置は窓際に置いた小さな勉強机になってました」

電気代が勿体ないからと、部屋の片側の電気は消すように厳しくいわれていたので、いつも部屋の半分は暗く、小学生の頃はそちら側が怖くて、極力見ないよう、就寝時も背中を向けるのが癖《くせ》づいていたという。

高校に入るとその暗さが一層、煩《わずら》わしくなり、いったん取っ払った襖が残っているというので、それを祖父に出してもらって、再び、部屋を二部屋に分けてもらった。

物置に使っていた離れがあり、襖はそこに入っていた。

久しぶりに離れを開けたことが切っ掛けとなったのか、それ以来、祖父がそこに入っていく姿を頻繁に見るようになった。

村井さんの部屋の窓から離れはよく見えた。離れの窓から室内が見える。

真夜中だというのに離れに入って照明を点け、段ボール箱に座って煙草を吸っている祖父の姿を何度も見た。

ある日の朝、何とはなしに「いつも、離れでなにをしてるの?」と訊くと、祖父はムスッとした顔で、大昔にしまい込んだ道具を探していると答えた。どこにしまい込んだものか、まったく見つからないので、毎晩、少しずつ奥から箱をほじくり出しているのだという。

「何を探しているのか教えてくれたら手伝うけど」

祖父孝行のつもりでいったのに、「いらん」とあっさり断られ、離れには絶対、近寄るなよと釘を刺されてしまった。

どうも、覗かれていたことが気に食わなかったようだ。

しかし、その祖父の態度が逆に村井さんの興味に火をつけた。

ある晩、祖父が飲みに出かけたのを見計らい、村井さんは離れに忍び込んだ。

入るのは初めてだったが、期待していたものとは違っていた。

埃《ほこり》と煙草のヤニの臭いが充満し、蜘蛛の死骸が転がり、キャラメルのような変色したダンボール箱がうずたかく積まれている、狭くて薄汚れた空間。

その中に古いテレビがあった。

値打ちのありそうな、四つ脚があるタイプで、チャンネルと音量がダイヤル式になっており、それが目に見え、ロボットの顔のようであった。

置かれている位置から見て、祖父はいつも、このテレビと向かい合って座っているのがわかる。ただ、視聴していたわけではない。テレビの画面はガムテープでぐるぐる巻きにされてしまっている。まるで画面から何かが出てくるのを必死に塞いでいるようだ。後で解《ほど》くことを一切考えていない乱暴な巻き方で、補修目的でないことは明らかであった。

「今考えれば、その時点でもう異様な光景のはずなんですけど、その頃はまだ貞子とかが有名になる時代じゃないんで、怖いってイメージもこれといってなかったんです」

ガムテープは十年二十年経過していそうな黒ずんだ層と、つい最近になって巻かれたてであろう新しい層がある。修理に出すわけでもないテレビを、捨てるわけでもなく、ガムテープで雁字《がんじ》搦《がら》めにする目的がわからない。

目を引いたものはこのテレビくらいで、他は大して面白い発見もなく、肩透かしを食った気持ちで離れを出た。

そんなことも忘れていた、ある晩。

ふと窓から外を見ると、離れの窓から赤い光が漏れている。

祖父がいつものように座っている姿が見えるが、顔は赤い光に照らされている。位置から見て、テレビのあったあたりから光がさしているように見える。

祖父は笑うように身体を前後させ、手を叩いている素振りも見られる。

修理をしたのか。

でも、わざわざ、離れで観る必要があるだろうか。

隠れてアダルトビデオを観るような年齢でも性格でもないし、あのテレビではビデオデッキと繋ぐこともできないだろう。

大方、懐古《かいこ》の情に絆《ほだ》され、家族に内緒でテレビを復活させたのだ。それにしても、あのガムテープで巻かれた状態からよく復活を遂げたものだ。

そんなことをおもいながら村井さんは布団に潜り込んだ。

なぜか、眠気はあるのに寝苦しい夜だった。

目を閉じると、妙に背中のあたりがそわそわする。

どうしても眠れないので台所へいってお茶を飲み、部屋に戻って何気なく外を見ると、離れの窓からは、まだ赤い光が漏れている。

あれ、と目を凝らした。先ほど見た光景と違っている。

祖父の座る姿ではなく、窓からは大きな顔が覗いている。

ぼんやりと赤く光った顔を窓に押し付け、外を見ていた。

死人のように虚ろな目だ。

祖父の顔ではない。男か女かもわからない。

サイズもおかしかった。

顔の皮をおもいきり引っ張り、窓いっぱいに広げて張り付けているようで、だからなのか、輪郭がまるでわからない。

はじめは絵でも貼られているのかと何度も目を凝らしてみたが、その顔は少しずつだが表情を変え、動いているようにも見える。

気味が悪い。なんなんだろう、あれは。

何か正体はあるのだろうが、わざわざ下りていって確かめたいとまでは思わない。妙なものを見てしまったせいか、部屋の空気が重たくなったような気がし、ますます背中がそわそわして、眠れなくなってしまった。

子供の頃、部屋の暗い側が怖くて背中を向けて寝ていたのをおもいだす。

だからなのか、どうもさきほどから、隣の空き部屋に人のいるような気配がする。いるわけがない。でも、一度気になると眠れない。確認するべきか、迷った。

「厭なタイミングでしたし、二階に誰かが上がってきたら、絶対にわかるはずなんです」

幽霊だったらどうしよう。そんな子供じみた想像に怯《おび》えながら、結局は好奇心に負け、そっと足音を殺し、仕切りの襖に近づいていく。

指で抉《こじ》るよう、僅かに襖を開き、その線のような細い隙間から覗き込む。

おもわず、声をあげそうになった。

目の前に背中がある。

こちらに背を向けて座っている祖父が、手を伸ばせば届く位置にいたのである。

暗い部屋の真ん中には、そんな祖父を見下ろすように赤い顔が浮かんでいる。

光っているわけでもないのに、闇の中で真っ赤に見えるその顔は若く、少し昔風のハンサムな男性で、一目見れば記憶に焼き付くような不思議な面立ちであった。

薄く笑みを浮かべながら、テレビ番組の司会者のような柔らかな表情で何かを喋っているが、そこに声はない。喋るように口を動かしながら頷いたり、驚いたように目を見開いて、のけ反ったりと大きな動きもするので、ときどき、首より下の肩のあたりまで見える時がある。また、スーツのような服を着ていることもわかる。

よく見ると、部屋の奥の壁にスクリーンが掛けてあり、男性の顔はそこに映っている映像なのだとわかった。

昔撮った八ミリフィルムでも出して観ているのだろう。

ちょうどいい。眠気はまだないので、そのまま観ていた。

——今思えば、祖父の足でそんなに速く、離れから隣の部屋へと移動できるとはおもえないが、この時はなぜか、気づかなかった。

退屈な映像だった。

カメラは男性の顔だけを映しており、背景らしきものが映っていない。音声もないので内容がまるでわからない。それでも五分ほど観ていると、今まで男性の顔のみであった映像に唐突な変化が起きる。

不意に横から誰かの手が現れ、ハンサムな男性に平手打ちを喰らわせたのだ。すると男性の頬に、血なのか、赤黒い手の跡が擦ったように付いた。

男性は、きょとんとした顔のまま、反応がない。

映像が止まっているのだ。

祖父はフィルムを止めるわけでもなく、じっと動きの止まった映像を見つめたまま、動かない。映像の男も祖父も動かなくなってしまったので、だんだん飽きてきた村井さんは襖をそっと閉め、布団の中に戻ったという。

高校を卒業し、就職してから一年後、祖父が亡くなった。

遺品整理で出てきた祖父の若い頃の写真の中に、どこかで見覚えのある顔があった。

普通ならおもいだせないが、忘れられない特徴を持つ顔だった。

あの晩に見た顔だ。

あの映像はやはり、祖父の若い頃を撮ったものなのだ。

祖父が撮ったフィルムがあるはずだから見せてほしいと祖母にいうと、八ミリビデオも映写機も、うちにそんな物はないと返ってきた。

そんなはずはない。あの晩、確かにこの顔を見たのだ。

「あるわけないじゃない。あの人、そういうの、撮るのも撮られるのも好きじゃなかったのよ」

こうして写真が残っていること自体、珍しいことだという。

確かに祖父は写真を撮られるのを嫌い、孫の自分と一緒に写っている写真もない。

じゃあ、あの夜に見たものは、なんだったのだろう。

もしかしたら祖母が知らないだけで、離れに映写機やフィルムがあるのではないか。

「おばあちゃん、離れにあるかもよ」

「あんた、あそこに入ったの？　なにか見た？」

離れにある古いテレビに話題が及ぶと、祖母はものすごく厭な顔をした。

あれは前妻の持ち物なのだという。

「業の深い人だったそうよ。あの人が別れ話をしたら、あんたを殺して自分も死ぬとか」

この時、はじめて村井さんは、祖母が祖父の再婚相手であると知ったそうだ。

祖母は別に隠すでもなく、前妻が入水自殺していることも教えてくれた。

「あの離れは、女に貢がせて買ったものが入ってるんだよ。あの人はあちこちに女作って遊びまわってたから、他にも恨まれてたかもわからんね」

祖母の言うとおり、離れの中にも、家のどこにも、映写機やフィルムはなかった。

平手打ちで男の頬に血を擦《なす》り付けたのは、祖父を恨んでいた前妻なのだろうか。

どうして、そんな光景を自分は見せられたのか。

テレビは祖母が処分してしまった。
離れの中の物も、ほとんど廃棄されてしまったそうだ。

腐女子

高橋さんは元アマチュアボクサーである。

二十年前、ジムに通いながらプロを目指していたことがあった。

それでは食っていけないので、ホテルの調理場でフライパンも振っていたという。

「小さい頃からの夢が料理人なんです。父親が某ホテルの料理長だったというのもあって、かっこいい仕事だなっておもっていました」

しかし、料理一筋とはならず、高校時代にはボクサーになりたいという新たな夢が生まれ、卒業後は大学へは行かず、両方の世界に進みながら、人生のどこかで道を選択すればいいと考えていた。

彼には一緒に暮らしているアヤノという女性がいた。

美人でスタイルもよく、見た目は文句なしだが、性格に大きな難があり過ぎ、彼女との同棲時代のことを思い出すと今でも胃が痛くなるという。

「とにかく陰気で陰湿な女でした。一緒にいるだけで部屋の空気が重苦しいんです。悪いものは全部、あいつが運んでくるとおもってましたし、実際そうでしたからね。嫉妬も束縛もひどいもんで、こっちの精神がどんどん病んでくるのがわかるんですよ。たとえば――」

高橋さんが浮気をしないかと常日頃、目を光らせており、何度も来るなといっているのに、仕事が終わると必ずジムにやって来る。ジムの人に話しかけられても完全無視で、なんなら喋りかけるなというオーラを出す。隅の方で高橋さんの練習姿を見ているだけなのだが、その陰気な目で見つめられていると、ひどく落ち着かない。

こんな男臭い場所で、いったいなにを心配することがあるのかと訊くと、

「近くに●●って、ビルがあるでしょう?」という。

以前、高橋さんがそのオフィスビルから出てくる女子社員と交際していたのを知っ

ているから、元の鞘《さや》に戻りはしないかと、心配で、心配で、たまらないのだという。ひどい妄想だった。

そんなビルに知り合いはいないし、社員になんて話しかけたこともなかった。

過剰な妄想から生み出された嫉妬と警戒心。そんなものをジムに運び、負のオーラを発しているのだから、周囲の評判は当然悪い。気味が悪いとか、態度がムカつくとか、練習に集中できないとか、散々、苦情をいわれていた。


ある晩、とうとう彼女に別れ話を切り出した。

これまで我慢し続けたのは、過去に同じことを伝えた時、自殺未遂をしたからだ。

しかし、もう限界だった。案の定、自殺をほのめかしてきたが、死にたければ勝手にしろと、別れる意思が固いことを伝えた。

すると今度は一転、反省するから、ダメなところは治すから、関係を続けてくださ い、お願いしますと、号泣しながら縋りついてくる。

そんな簡単に性格を変えられるわけがない。

わかってはいたが、彼女が化粧をどろどろにさせて大号泣する姿を見て、さすがに可哀想になったのだという。

ジムに来るな、勘違いで嫉妬するな、その他、いくつかのことを約束させ、じゃあ、もう少し頑張って続けてみるかとなった。


翌日、アヤノはジムに来なかった。

よかった。本当に反省し、改めてくれたのだ。

あの性格さえなおしてくれたら、一途ではあるし、美人だし、問題の性格だって、少しは可愛いところもある。

昨晩は少しいいすぎたかもしれない。

ゼロからアヤノとやり直そうとおもった高橋さんは、喜ぶだろうと彼女の好きなショートケーキを買って帰った。

マンションに帰ると、部屋の中が暗い。先に帰っているはずの彼女がいなかった。

留守番電話に二件の録音が入っている。

一件は、アヤノの勤め先の工場からで、彼女が事故に遭ったという連絡だった。梱包ラップのロールの山の下敷きになったようで、搬送された病院名を伝えていた。もう一件は、先ほど、彼女が亡くなったという連絡だった。

そこから、高橋さんの運命は大きく狂っていった。

なにをしてもうまくいかず、すべてが悪い方向にしかいかなくなった。

ホテルの調理場で油の入った鍋をひっくり返し、大切な両拳《こぶし》に絶望的な火傷を負ってしまった。

ホテルの仕事も解雇され、ジムに通う理由も失い、同時に二つの夢への路を塞がれた。

失意のどん底に落とされた彼は誰とも会わなくなり、マンションに引き籠った。

僅かな貯金を切り崩してそれを生活費に回し、暗い部屋で一日中ゲームをする日々。

ろくに食事もとらず、アルコールと煙草ばかりを摂取していたら、だんだん口臭が強くなり、大小便の色が濃くなった。内臓がだめになっているようだった。

やがて、貯金も底をつき、家賃を滞納し続けた結果、玄関ポストに最終通告が入れられた。滞納分を期日までに一括で支払わねば差し押さえるらしい。住む場所を失う日も近かった。

電気もガスも止まり、水と調味料を舐めて生きていた。そんな生活が続くと、当然、身体が病みついてしまう。

空腹なのに何も食べたくない。身体を動かしたくない。風呂にも入らない。眠れない。

暗い部屋の中、布団に潜ったまま、このまま死にたいなとおもった。

そんなある日——。

布団の中で心身を腐らせ、死ぬことばかりを考えていると、部屋の中で軋む音がした。

トイレの扉が、ゆっくりと開いている。

その扉は開けると自然に閉まる仕組みになっている。こんなふうに、ゆっくり開くような動きはしない。

なにが始まるのかと、朦朧とした意識のまま見ていると、開いたトイレの前に薄っすらと人のようなものが重なる。

とうとう幻覚を見るのかとおもったが、扉はなんらかの力が働いて開いている。

不可視のものが、だんだんと輪郭と色を得ていき、歪んだ人の形になっていく。

両肩の高さが違い、中途半端な達磨《だるま》落としのように、胴の下半分が横に飛び出ている。

あれは、アヤノだとおもった。

そうおもって見ると、潰されて歪んだ身体に見えてくる。

歪んだ人影はトイレに入って消える。扉が自然な動きでゆっくり閉まる。

そうか。アヤノはまだ、ここにいたんだ。まだ俺と、同棲しているつもりなんだ。

あいつのせいだったんだ。

やっぱり、あの女は一緒にいてはいけない女だった。

見ろ。あいつと同棲なんか続けていたから、俺の人生はぼろぼろに腐ってしまった。

高橋さんは、我が身を万年床から引き剥がした。

すぐにマンションを出た。

滞納した家賃は友人に借金して返し、友人への借金は働いて返すと約束した。

アヤノが触れた物はすべて廃棄し、それ以外の荷物も最低限の物だけを残して売るか廃棄するかした。アヤノの負の感情が染み込んでいるかもしれないからだ。

そうして新天地でやり直した高橋さんは、悪夢から目覚めたかのように運気が好転していった。今は料理の道一本で生きているという。

「もう二十年も昔のことなのに、死んだ女にひどい言い方するとおもったでしょ」

少しでも赦《ゆる》してしまえば、また彼女が戻ってくるかもしれない。

それを恐れているのだという。

畳童

井上さんが都内で一人暮らしをしていた頃の話である。

家賃二万五千円。そのアパートは造りが古く、外観は築年数が三ケタはいっていそうに見えた。外だけでなく中も相当で、畳や柱や天井を見ると歴史が染みついて黒ずんでおり、それが時代を錯覚させて、なかなか気に入っていたという。

その日は珍しく寝苦しくて、夜中に何度も起きたり寝たりを繰り返していた。

こうなると、いっそ朝が来てくれた方がいいのだが、まだまだ窓は暗い。

今、何時だろうかと枕元に置いた携帯電話を手探りするが、なかなか触れられず、空《くう》ばかりを掴む。同じく枕元に置いた眼鏡にも触れられない。

そんなに離れた場所には置いていないはずだと、あちこちに手と指を伸ばすが、奇妙なことに畳にも触れることができない。

ようやく、これは変だぞとなり、頭を起こそうとした。

するとすぐ傍で、ミリッと音がした。

畳をゆっくりと踏みしめるような音だった。

誰かがいる。

冷水をかけられたように凍りついた井上さんは、息を殺し、気配を窺った。

三十分、あるいはそれ以上、そうしていたかもしれない。実際はわからないが、体感では、もっと時間が経ったようにも思えた。そのあいだに何度か、ミリッと畳の軋《きし》む音を聞いた。

気配はあるような気もするし、ないような気もする。すーはーと聞こえる気もするが、それが自分の呼吸音か、侵入してきた何者かの呼吸音かもわからない。

もし、何者かがいるのなら、手が届くほど、すぐそばにいる気がして、井上さんの心臓は、ばくばくと激しく打ち鳴らされていた。

一週間前、「近所で空き巣に入られた家があるから戸締りを厳重にしておくように」と書かれた大家さん手書きの紙が、新聞受けに入っていたのを思い出した。そいつだろうか。

盗むものがあるのなら、さっさと盗んで出ていってほしい。

このまま寝たふりを続ける自信がなかった。いつ包丁でブスリといかれるかもしれない恐怖で、今にも叫び出して布団から飛び出してしまいそうだったし、さっきから激しい鼓動の音に気づかれやしないかと心配でたまらなかったのだ。

そんな緊迫した状況の中、二つほど、「なんだろう」とおもうことがあった。

一つは、畳を踏む音の近さである。

布団の縁《へり》を踏んでもおかしくないほど、すぐ傍で聞こえるのに、それ以上近くも遠くもならない。ずっと傍にいるのである。しかし、いくら眼鏡をはずし、部屋の中が暗いからといって、なにも視認できないのはおかしなことだった。

もう一つは、電気の傘から下がる紐である。

紐の先についている玉は蓄光《ちくこう》になっていて、暗闇の中では黄緑色に光るのだが、それがいつもよりも近い距離で見える。いや、なんなら少しずつ、近くなっている気がするのだ。

一瞬だけ幽体離脱という言葉が脳裏をかすめたが、すぐに馬鹿馬鹿しいと吹き払った。布団と一緒に浮遊するなんて話は聞いたことがない。けれども他に、この電気の紐の近さについて、その理由は全く想像ができないし、想像する余裕もなかった。いつ、賊が動き出すかもしれないのだ。

今、自分にできることは、いきなり包丁でブスリといかれても致命的な傷を負わないよう、首と腹を腕でガードすることだ。大きな怪我は負うだろうが、骨が急所を守ってくれる。即死は免れるはずだ。

数十分ほど、そんなポーズのまま固まっていた。

しばらく、畳の音は聞こえていない。

いなくなってくれたのか。そろそろ、周囲を窺ってみようと顔を起こしかけた、その時、はっきりと耳が声を捉えてしまった。

にたにたしている

あ、これ、生きているヤツじゃない。

井上さんは、すぐにそう察した。

声は子供のもので、すぐ後ろから聞こえたのだ。

仰向けで寝ている自分の、そのすぐ後ろということは、布団よりも、つまり畳より下から聞こえているということになる。アパートにも縁の下があるのかはわからないが、夜中にそんな場所から話しかけてくる子供がいるわけない。

にたにた？　いま、そういったのか。どういう意味だ。

こっちはぜんぜん、にたにたなんてできる状態じゃないのに。

それとも、その子供が今、にたにたしているということか。

疑問が膨らめば膨らむほど、想像すればするほど、ぞっとして、震えが止まらない。

先ほどとは、だいぶ状況が違ってきていた。いつ包丁でブスリと刺されるかもしれない状況ではなく、いつ冷たい手が自分の手足を掴むかもわからないという状況。手足なら、まだいい。首を絞められるかもしれない。シンプルに顔を見せてくるかもしれない。

死んでいる者相手に、なにができるだろう。今は掴まれぬように足を曲げ、膝を抱きかかえ、なるべく小さくなることぐらいしか、防御策はおもいつかない。

気が付くと蓄光の紐の先が、手を伸ばせば届くほどの距離にある。

これもだ。いったい、なにが起きているのだろう。

そうだ。手が届くのなら、いっそ部屋を明るくしてみよう。音や声の正体を暴いてやる。

紐に手を伸ばそうと腕を上げると、急に蓄光の光が遠のいた。

それと同時に落ちるような感覚が井上さんを襲い、五十センチほどの高さから落ちたような軽い衝撃が背中に走る。

なんなんだ、いったい。もう、もう、我慢の限界だ。

井上さんは勢いをつけて立ち上がると、怖さを紛らわすために意味のわからないことを大声で叫びながら、電気の紐を掴んで引っ張った。

白い光が闇を払う。井上さんは大声をあげ続けながら、拳をめちゃくちゃに振り回す。

部屋の中には、ずっと前からそうであったように、何者の存在もない。

気配も音も、なにもかもが消えていた。

ただ、なぜか布団の周りに藁屑《わらくず》のようなものがたくさん散らばっていた。


後日、布団の周りに散らばっていたものが、畳の一部であることがわかった。畳の縁《へり》の部分が削れて落ちたものだ。布団の載っていた一畳分が剥がされ、そして戻された痕跡があり、そのときに擦れ落ちたもののようで、畳ははまりきらずに片側だけが浮いた状態に傾いでいた。

これらから導き出されるのは、あの晩、井上さんが畳ごと浮かんでいた可能性である。

おそらく、携帯電話を探している時は、もうすでに何十センチか浮いていたに違いない。畳に触れることができなかったのはそういうことだろう。

あの声を出した子供はきっと、縁の下にいたのではなく、浮上する畳の真下にいたと考えられる。すると、そいつが畳を持ち上げていたのかもしれない。

無意味だとは思ったが、それとなく、前の住人に子供連れがいたか、大家さんに訊ねてみたが、本当のことを教えてくれるはずもなく、それによく考えれば子供連れで引っ越してくるようなアパートではない。

どんな理由があるにせよ、成人男性一人を畳ごと持ち上げるような子供が、すぐ下に棲むアパートだなんて、住み続けることはできないので、引っ越すまでの数か月間、友人の家を転々としていたという。

もう、八年ほど前の話だが、先日、気になって見にいくとアパートは今もあり、あの部屋には住人がいたらしい。

山本、ごめん

時効だろうということで、約十五年前の不法侵入の話をしていただいた。

小泉《こいずみ》君が高校に入学したての頃、地元の友人四人と夜中に『ボロバヤシ』へ入ろうという話になった。

住宅街の中にある廃墟となった邸宅で、洋風な佇まいから『ドラキュラ屋敷』と呼ばれていたこともある。

なぜ『ボロバヤシ』なのかというと、門に表札が残っており、そこに『小林』と刻まれているからで、ボロボロの小林家だから、『ボロバヤシ』なのである。

あまりにどうどうと住宅街の中に建っているからか、これといって怪談めいた話は囁かれてはいない。とはいえ、すべての窓やドアが板で塞がれているその姿はなかなか異様であり、圧倒されるほどの迫力もあって、だからなのか、誰かが中へ入ったという話も聴いたことがなかった。

住宅街の中、わざわざ大きな音をたてて板を剥がし、通報されるリスクを負ってまで入る者がいないというだけかもしれないが、こんなに楽しそうな場所に誰も手を付けていないというのは勿体ないと感じていたという。

ただ侵入《はい》るのもつまらないので、じゃんけんで負けた一人が入り、二階の部屋に煙草を一本置いていくというルールを決めた。もちろん、ちゃんと置いたかを全員で確認し、もし置いていなければ吉野家《ぎゅうどん》をみんなに奢らなければならない。

その不幸な一名に選ばれてしまったのは、五人の中でもっとも臆病な山本であった。

事前に準備していた工具で、なるべく音を立てず慎重に、玄関を塞いでいる板を一枚ずつ剥《は》がしていった。腐った内臓のような赤黒い扉が出てくると、もう山本の目は涙で潤《うる》んでいた。

「マジで俺ひとり？」

「マジでお前ひとり」

玄関扉の鍵は開いていた。扉を開けてやると、両手で懐中電灯を握りしめて哀れなぐらい震えている山本を中へ押し込み、扉を閉める。家の中でぎゃんぎゃんと喚《わめ》きだしたので、近所の家に気づかれるから静かにしろと扉越しにいうと、おとなしくなった。


四人は煙草を吸って待っていた。

しかし、二本目を吸い終わっても山本が帰ってこない。

そんなに時間がかかるものだろうか。中で気絶でもしているんじゃないかと心配になり、四人で彼を探しに行くことにした。

玄関扉を開けた友人が、開けた瞬間に「うおわ」と情けない声をあげた。

探しに行くまでもなく、山本は玄関の前で蹲《うずくま》って、洟《はな》と涙と涎《よだれ》で顔をぐしゃぐしゃにさせていた。目の前の四人を見上げると、ぽかんと口をあけ、放心したような表情になる。

「お前……大丈夫かよ。どうしたんだよ」

山本は相手を呪うような充血した目つきで四人を睨んできた。

玄関が見つからなかったんだという。

階段を上がってすぐの廊下に煙草を置いて戻ってくると、玄関の扉があった場所がわからなくなった。パニックになりながら、あちこちを触って扉を探したが、間違いなく扉のあった場所が、壁になっている。

彼らが塞いだのだとおもって、怒りと恨みと懇願をこめて大声で叫んで呼んでいた。すると若い女の声が二階の方から聞こえた気がし、急に空気が冷たくなったので耳を塞いで屈みこんでいたら、四人が入ってきたのだという。

誰もそんなことはしていないし、山本の声なんて聞いていない。

扉が壁になるなんて、そんな昔のホラー映画みたいなことが実際に起こるわけがない。大方、パニックになった山本が目の前の扉に気づかなかっただけだ。声が届かなかったのは、恐怖により声が喉から出なかったからで、女の声も恐慌状態であるがゆえに起きた幻聴だ。

本人にそういってやりたかったが、扉を掻きむしったのだろう、両手を血だらけにしている山本にいえるわけがない。小泉君は、現実《リアル》に爪が剥げかけているのを初めて見て、ぞっとしたという。

立ちあがる気力も失せている山本を四人がかりで『ボロバヤシ』から引きずり出すと、なにかが臭う。山本は失禁していた。

それを見たみんなは、山本に心からの謝罪をした。

虚ろな目で、ひと言も言葉を発さなくなってしまった山本を家まで送ると、この日は解散となった。

それから、山本は小泉君のグループとは一切、つるまなくなってしまった。

数年後、風の噂で山本が事故で両足を切断したという話を聴いた。

駅のホームで山本だと思われる車椅子の人物を見かけたが、話しかける勇気はなかったそうだ。

左縛り

加納《かのう》さんは金縛りによく遭う。

最低でも週に一度、多くて三度。五年前、転職した時期から現在まで続いているそうだ。

「金縛りになる日はわかるっていいますけど、あれはほんとなんです。俺の場合、眠気とともに身体の芯が重くなるような感じがしたら、その夜は必ず来ますね。あと、俺、慢性の鼻炎持ちなんでいつも鼻が詰まってるんですけど、この時は不思議と通るんですよ」

金縛りといっても、五分から十分のあいだ、身体がまったく動かなくなるだけで、何かを視てしまうといったことはない。だから、これまで怖いとおもったことは一度もないそうだ。自身に起きていることが霊的な現象ではなく、身体的な問題であると自覚していたなら、確かに金縛りは怖い現象ではないだろう。

そんな彼が私に話してくれたのは、たった一度だけ、ほんとうに怖いとおもう金縛りに出遭った、その体験談である。本人曰く、夢や幻覚などでは絶対にないと断言しているし、なにより、証言できる体験者は一人ではない。すべてをメモにとっているというので、その時の状況を細部まで御報告いただけることになった。

正直、どこからどこまでが怪異なのかがわからない不可解な話である。内容的に登場する人物名以外、都合上、脚色する部分もないので、頂いた情報のまま収録した。

※

昨年の冬のことである。

大学時代の友人たちを自宅に招き、四人で鍋をつつきながら飲んでいた。

夜半過ぎになると、ひとり、またひとりと横たわり、酔いと眠気で言葉がもつれだす。

やがて、寝ぼけて意味不明な言葉を発するようになり、会話も宙ぶらりんのまま途切れ、鼾《いびき》をかき始める。

そんな友人たちに毛布やコートを掛けてやり、暖房をきかせて部屋を暗くし、加納さんもベッドに入った。

だんだん暖かく、気持ちがよくなり、うとうととしだした頃。

「おしっこ」と大声をあげ、誰かが急に起き上がるとトイレへいった。

顔が見えないほど部屋は暗かったが、声から「勝木《かつき》だな」とわかった。

なんなんだよ、あいつ、と笑っていると、その「おしっこ」の声が大きかったからか、他の二人も目を覚まし、むくりと起き上がった。かといってそこから飲みや会話が再開するわけでもなく、二人とも暗い中に座ったまま、身体を前後左右にふらふらと揺らしている。寝ぼけているのだ。これはこれで面白いので、しばらく黙って見ていることにした。

するとと上の階から、どす、どす、と音が響いてきた。

足音というには重すぎる、腹に響くような音だった。

上の階の住人が、このような騒音を出すことなど、これまではなかったので珍しいなとおもっていると、唐突に身体の芯が重くなっていくような感じがしだした。

金縛りの起きる兆《きざ》しだ。まさか、友人たちの集まるこんな日にまでくるとは。これは、みんなに報告しなければいけない。

「もしもーし、緊急事態、緊急事態。今から俺、金縛りになります」

二人の影が同時に加納さんに向いた。そして、こくこく、と頷く。

なんだ、こいつら、と苛立った。やけに反応が薄いのだ。以前、加納さんが自分に金縛り癖があると話したとき、その現場を動画で撮らせてほしいといったのは彼らなのだ。

まだ寝ぼけているのかもしれない。近所迷惑にならない程度に声を張ってみた。

「もしもーし、起きてる？　どっちでもいいけど、俺のこと撮るチャンスだよ。コブさん、デジカメ持ってたよね？」

加納さん自身も、以前から金縛りの状態の自分を見てみたいとおもっていた。起こっている時はおそらく、自分の意識は夢の中にある。撮ったところで、ベッドの上で目を閉じている退屈な動画しか撮れないだろう。それでも、金縛り中の人間を撮影している動画など見たことがないので、珍しいものになるはずだ。

しかし、何度呼び掛けても二人はうんともすんともいわず、ふらふらと揺れているだけ。

そんなことをしているあいだに、左足がぴんと突っ張って、硬くなったような感覚があり、そこから、ぴくりとも動かせなくなった。詰まっていた鼻も通ったのがわかる。

来るぞ！

——と、構えたのに、どれだけ待っても、いつもの全身硬直が始まらない。

まだ腕も上がるし、首も動く。声も出る。自由に動けるのだ。

あれ、まだなのかな、と起き上がると、左足が動かない。

左足だけ、動かせないのだ。

曲げることも、布団から引き抜くこともできない。ベッドに縫い付けられてしまったように、微動だにしなかった。

金縛りには遭っていたのだ。ただ、それは左足にだけ起こっていたのである。

意識もしっかりとあるし、なんだか金縛りっぽくないが、寝ぼけている二人にどうにかアピールしようと掛布団を剥がし、動かない足を見せ、大声で騒ぎ立てる。

「片っぽだけ、動かないわ、足！　ホラ見てっ、ぜんっぜんっ、うわっ、なにこれっ」

足と友人たち、交互に視線を振るが、二人は座ったままでゆらゆらと揺れているだけ。どうも、完全に熟睡しているようだった。

そういえば、トイレにいったまま、戻ってきていない一人がいる。

「おーい、勝木っ、なげぇよ便所、吐いてんの？　寝てんのか？　なあ、おーいっ」

上の部屋から響く、どす、どす、という音の振動は、テーブルの上のグラスがチリチリと鳴るほどで、いつ近所から苦情が来てもおかしくないほど大きくなっている。

なぜか、加納さんはこの時、「このままだとヤバイ」気がしていたという。

左足に触れると氷でも押し付けられていたように冷たくなっている。

夢なのかもしれない。そう自分を疑ったが、それにしては生々しい。煙草の残り香、食べ残されたカセットコンロの上の鍋のにおいまでわかる。

いろいろ起こりすぎて、何が何やらわからなくなり、すっかり肝を冷やされた加納さんは、頭から布団を被って潜り込むしかできなかった。

友人たちに慌てて起こされたのは、翌日の正午過ぎだった。

二人とも真っ青な顔で自分を覗き込んでいる。何事かとおもったら、加納さんの両手が血まみれだった。布団にべったりと赤茶色に染みつき、絨毯にも零《こぼ》れている。

布団を引き剥がすと、そこはもっと血だらけだった。

左足には掻きむしられたような傷がある。皮が破け、中の肉が覗く、無残な状況だ。

昨晩のことを話したが、二人ともまったく覚えがないという顔をする。

――二人?

あれ、もう一人は?

勝木、コブちゃん――その他にもう一人、いたはずだ。

そのことを伝えると、二人は「え? 誰のこと?」と首を傾げる。

誰だと訊かれても、加納さんはその名を思い出すことができない。

昨日まで一緒に遊んでいた友人を忘れるなんて、酔っていたにしても、ひどい。

夢ではなかった。テーブルには鍋を食べた痕跡が四人分、残っている。

「あっ……うんうん、いたね、そういえば、もう一人いた気がする。宿題の話してた」

「いたいた！　あれ？　でも、誰がいた？　なんで三人そろって忘れてるの？」

勝木とコブちゃんの二人も、消えた四人目のことを少しずつ思い出していた。

交わした会話の記憶は断片的にあるのだが、たどり着くことはできなかった。

「いまだに誰も、消えた四人目が誰だったのか、思い出せないんです」

この世から一人、消えてしまったのか。

それとも、見知らぬ一人が混じっていたのか。

奇妙な金縛りとの因果関係も、なにもかもが闇の中である。

あとがき

老いてきたのでしょうね。最近、死を身近に感じます。

ちょっと脇腹が痛いと深刻な病気ではないかと病院へ行きます。頭痛がすると、脳梗塞《こうそく》の兆しではないかと怖くなり、五千円を払ってＭＲＩで調べてもらいます。そのたびに、「ちょっと痩せた方がいいね」と先生にいわれ、胃薬や頭痛薬をもらって帰ります。

幸い、まだ病による死はやってこないようです。

それなのに最近、また遺書を書きました。また、というのは、これで三度目だからです。二度、書き直しているということですね。

ぼくは死ぬのが怖い。

黒史郎という名で、「死の先」にある話を書いています。そこでは、人は死んでいきます。あるいは、すでに死んでいます。でも、それで終わるわけではない。死の次のステップに入るのです。例えば死の後に、一般的に霊と呼ばれている存在になります。霊は基本、怖いとされているものです。なぜなら、終わっているはずの死が、終わっていない。だから、ぼくらの知っている自然の法則からはずれる存在です。理解できないものですから、それは怖いものです。ぼくの書いているのは、そういう存在が関係しているかもしれないお話なのです。

「死の先」なんて書きますと、死んでからもまだまだ自分の物語は続き、どこでも自由に一瞬で行けて、透明人間のように誰にも見られることなく、死んでいるのですからもう死なないわけで、それはつまり不死身の身体を得たということになり（それも矛盾した表現ですが）、死んでも、まだまだ何かができちゃいそうな気もしますが、そんなことはないのだとおもいます。体験者の話を聴けば聞くほど、死はやはり、死なのだなと思い知らされます。死の先があるとして、それは自由や解放とは、かなりかけ離れたものに感じています。

こうした怪談本の中で怖がられている死者は、自由な存在ではありません。

彼ら、彼女らははたして本当に、そんなに怖い姿形になって出たかったのでしょうか。そんなに怖い言動をしたかったのでしょうか。おそらく、違うと思います。もっとやりたいことがあった。思い残したことはたくさんあった。そのはずなのに、恨みとか、嫉妬とか、いちばん濃くてネガティブな感情の部分だけを摘まみ取られ、そんな薄暗い感情だけのため、この世に形を成すようにされてしまっているようで、死は、やっぱり不自由で、不幸です。生きていないから、生き方を選べないわけですね。そう考えるとやっぱり、生きていることが一番で、死は避けるべき、怖いものです。

怪談は、なにも死者の話だけではありませんよね。現代で解明されていないことは怪談になりうるとおもいます。未確認飛行物体だって怪談です。超能力だって、モケーレ・ムベンベだって怪談なのです。STAP細胞はわかりませんけど。これでもし、「死の先」――死後の世界があると証明され、「霊はいる」ということを誰一人として疑わない時代が来たとしたら、どうでしょう。怪談は滅んでしまうかもしれません。だって、やっぱり怪談は「死」に纏わるものが多いですし、その「死」の後のことが解明されていないから怖いわけですし、アダムスキー型円盤やオゴポゴだけでは怪談のジャンルを引き継いでいくことは難しいでしょう。

なにがいいたいかというと、どうか怪談を読んで、「死にたくねぇな」とおもっていただきたいのです。「死ぬのは怖いな」と感じていただきたいのです。生きているからこそ、「怪談」を楽しめるのですし、未知のことにも興奮できるのです。

あなたが死んでしまっては、あちら側の存在になってしまうではありませんか。「死の先」を知ってしまっては、怪談なんて楽しめません。

長生きして怪談を書き続けますので、みなさんも長く長く生きて、お付き合いいただければ嬉しいです。

黒　史郎

竹書房ホラー文庫、愛読者キャンペーン！

心霊怪談番組「怪談図書館's黄泉がたりDX」

*怪談朗読などの心霊怪談動画番組が無料で楽しめます！

*1月発売のホラー文庫3冊（「「超」怖い話 申」「実話蒐録集 暗黒怪談」「怪談実話 刀剣奇譚」）をお買い上げいただくと番組「怪談図書館'S黄泉がたりDX-4」「怪談図書館'S黄泉がたりDX-5」「怪談図書館'S黄泉がたりDX-6」全てご覧いただけます。

*本書からは「怪談図書館's黄泉がたりDX-5」のみご覧いただけます。

*番組は期間限定で更新する予定です。

*携帯端末（携帯電話・スマートフォン・タブレット端末など）からの動画視聴には、パケット通信料が発生します。

パスワード
5pc20416

QRコードをスマホ、タブレットで読み込む方法

■上にあるQRコードを読み込むには、専用のアプリが必要です。機種によっては最初からインストールされているものもありますから、確認してみてください。

■お手持ちのスマホ、タブレットにQRコード読み取りアプリがなければ、i-Phone,i-Padは「App Store」から、Androidのスマホ、タブレットは「Google play」からインストールしてください。「QRコード」や「バーコード」などと検索すると多くの無料アプリが見つかります。アプリによってはQRコードの読み取りが上手くいかない場合がありますので、その場合はいくつか選んでインストールしてください。

■アプリを起動した際でも、カメラの撮影モードにならない機種がありますが、その場合は別に、QRコードを読み込むメニューがありますので、そちらをご利用ください。

■次に、画面内に大きな四角の枠が表示されます。その枠内に収まるようにQRコードを写してください。上手に読み込むコツは、枠内に大きめに収めることと、被写体QRコードとの距離を調整してピントを合わせることです。

■読み取れない場合は、QRコードが四角い枠からはみ出さないように、かつ大きめに、ピントを合わせて写してください。それと手ぶれも読み取りにくくなる原因ですので、なるべくスマホを動かさないようにしてください。

実話蒐録集　暗黒怪談

2016年2月5日　初版第1刷発行

著者	黒 史郎
デザイン	橋元浩明(sowhat.Inc.)
企画・編集	中西 如(Studio DARA)
発行人	後藤明信
発行所	株式会社 竹書房 〒102-0072 東京都千代田区飯田橋2-7-3 電話03(3264)1576(代表) 電話03(3234)6208(編集) http://www.takeshobo.co.jp
印刷所	中央精版印刷株式会社

定価はカバーに表示しています。
落丁・乱丁本は当社にてお取り替えいたします。

ISBN978-4-8019-0617-4 C0176